弁当屋さんのおもてなし

新米夫婦と羽ばたくお子様ランチ

JN109954

喜多みどり

角川文庫
23554

目次

人物紹介

●大上《おおかみ》祐輔《ゆうすけ》（ユウ）
弁当屋『くま弁』の店長。
客の内なる願いを叶える
「魔法の弁当」の作り手。

●小鹿《こじか》千春《ちはる》
元ＯＬ。「魔法の弁当」がきっかけで、
現在はユウと共に『くま弁』を
切り盛りしている。

●大上《おおかみ》明《あきら》
ユウの母。現在は、海外に住んでいる。

●保志《ほし》みつる
『くま弁』の元常連。猫を二匹飼っている。

●保志《ほし》波子《なみこ》
みつるの妻だが、今は別居中。

●黒川《くろかわ》晃《あきら》
『くま弁』の常連。誰からも好かれる性格。

●遊沢《ゆざわ》
黒川の学生時代の友人。
二十年ぶりに地元に帰ってきた。

イラスト／イナコ

•第一話• 両家顔合わせTERIYAKI弁当

その日は全道的に晴れるとの予報だった。

千春《ちはる》が小一時間前に家を出た時は、空は青く澄み渡り、そういう時の常として空気はきんと冷えていた。

風さえもなく、寒いことを除けば、本当に良い天気だった。

だが、遥か太平洋の向こうは酷《ひど》い荒天で、吹雪のため滑走路が閉鎖されたという。

「心配ねえ。遅延で乗り継ぎ便に間に合わないなんて……」

母の亜紀子《あきこ》は一人掛けのソファに腰掛け、ユウを気遣うように言った。隣でその夫、千春の父の晴信《はるのぶ》もうんうんと頷《うなず》いている。

亜紀子は小柄で、千春と同じく色素の薄い髪の毛を一つにまとめ、ふっくらした頬を出している。晴信の方も小柄だが、こちらは妻よりがっちりした体型で、若い頃から多かった白髪がさらに増えているのを気にした様子もない。

「あ、こっちのことは気にしないで。ホテルも長めに取っておいてあるのよ、観光したかったから！」

亜紀子がそう言えば、晴信もまたうんうんと頷いて言った。

「私もリフレッシュ休暇取って来てますから、一日二日食事会が延期になっても大丈夫ですよ。どうか無理なさらないでいらっしゃってくださいね」

母も父もそう言ったが、向かいに座るユウは申し訳なさそうにもう一度頭を下げた。

「本当にすみません……」

今日の昼には、両家顔合わせの食事会が予定されていた。

ユウの母から、吹雪のために滑走路が数時間閉鎖され、飛行機の遅延で、乗り継ぎ便に間に合わなかったという連絡が来たのが昨日の朝。

その時亜紀子たちはすでに羽田《はねだ》発新千歳《しんちとせ》行きの飛行機に乗るべく準備をしていた。観光のため、早めに札幌《さっぽろ》に入る予定だったのだ。

勿論《もちろん》千春はすぐに亜紀子たちに連絡したが、亜紀子たちはホテルも飛行機も予約していたため、予定通りに札幌に入り、その日は札幌観光をして、ホテルに泊まった。

そして、ユウと千春が、朝食を終えた亜紀子と晴信のホテルを訪れたのが、その翌朝――今から十分ほど前のことだ。

華やかなホテルのラウンジで、今はこうして向かい合って座っている。

「母はもう日本行きの飛行機に乗っていますから、夕方には羽田に着いて、夜の遅い時間になるかもしれませんが今日のうちに札幌市内に移動できます。明日《あした》の朝にはお詫《わ》びに上がりたいと申しておりました」

えっ、と晴信も亜紀子もびっくりした様子で顔を見合わせた。

晴信がかえって申し訳なさそうに言った。

「そんなスケジュールなら、朝はゆっくりなさって、予定通りお昼にお会いしましょう。大変でしょう」

今度は亜紀子が隣でうんうんと頷いている。

ユウの方も、申し訳なさそうに眉《まゆ》を八の字にした。

「すみません、お気遣いいただいて……あの、もしよかったら、私も今日は休みですので、ご希望の場所をご案内させてください」

「昨日はどこ行ったの？　郊外もいいよ。今日は晴れてるし」

ユウと千春の申し出を聞いて、亜紀子と晴信は顔を見合わせた。

晴信はなんだか悪いなという顔をしていたが、亜紀子は嬉《うれ》しそうにも見えた。

少しの間、夫婦で視線のやりとりがあった後、口を開いたのは亜紀子だった。

「ユウさんのお母様が大変な時に申し訳ないわ……」

「それはお気になさらず。もう機内ですし、私もすることがありませんから」

「……そう？　じゃあ、お願いしても良いかしら？　地元の人の方が詳しそうだものね」

そう言われて、ユウはホッとした様子だった。

昨日の朝に母親から飛行機が飛ばないと連絡が来た時、彼が何よりまず心配したのは、吹雪の空港で立ち往生している母の身だったが、電話を切った後は千春の両親に申し訳ないと言って頭を抱えていた。

だから、こうして亜紀子がこちらの提案を受け入れてくれて、ユウとしては多少なりとも埋め合わせができそうで、救われたような気分なのだろう。

亜紀子はバッグからガイドブックを取り出して、開いてテーブルに置いた。

道産チーズとワインを楽しみたいとか、小樽《おたる》でガラス工芸を体験したいとか、この博物館に行ってみたいとか……次々と希望が溢《あふ》れてくる。

晴信は、そんな亜紀子を眺め、それから窺《うかが》うような目でユウを見やった。

「あのう……実は私もちょっと、行きたいところがあるんですが、こんなにたくさん、一日で見て回れるものでしょうか？」

「わかりました。地図で見てみましょう」

ユウも持参した地図を広げ始めた。


「ユウさん、今日はありがとう」

夕食を済ませた亜紀子と晴信をホテルに送り届けたユウは、そのまま千春をマンションまで送ってくれた。良かったら部屋に上がってお茶でもどうかと誘ったのだが、明日は仕事で朝が早いからとユウに断られて、こうして玄関で礼を伝えるだけになった。

「いや、こちらこそ、本当にご両親には申し訳なくて……」

「あっ、それは大丈夫です、全然……元々観光していく予定だったって言うし、今日は付き合ってもらえて嬉しそうだったし。気にしないでくださいね」

ユウの母からは、先程新千歳空港に無事到着したとの連絡があった。ちょうど亜紀子たちの観光も終わったところだったので、迎えに行かなくていいのかとユウに確認したのだが、大丈夫だと言われた。

ユウは眉を顰《ひそ》め、困り顔で溜息《ためいき》を吐いた。

「もう、本当にうちの親は……東京から来てくださった千春さんのご両親が前日入りしているのに。もう少し余裕をもって乗り継ぎの予定を組めばよかったんだよ」

「お天気は難しいですよ。それより、お母様は大丈夫ですか？　昨夜は空港近くに泊まれたとは聞きましたけど……」

「大丈夫、図太い人だからちゃんと休んでると思うよ」

ユウはそう言ってまた溜息を吐いた。

ユウの気持ちもわかる。逆の立場なら、千春は恐縮して命を縮めそうだと思う。

千春はユウと一緒に正月にアメリカに行って、ユウの母に挨拶《あいさつ》してきたが、向こうも忙しく、一度食事をしただけだった。

その食事中、クリスマス休みに来ればゆっくりできるのにとユウの母は言い、クリスマスはまだ仕事があるというユウと少し言い争いのようになっていた。

千春は、彼らのなかなか終わらない言い争い寸前の会話を聞きながら、口を挟むタイミングを探していたが見つからず、食事もどんな味だったかろくに覚えていない。

ホテルに戻った後、ユウは千春に謝った。穏やかな雰囲気を作れず、千春をちゃんと知ってもらうことができなくて申し訳ないと。しょうがない、またの機会もある……と千春は彼を慰めたものだった。

千春にとっても、明日はそれ以来のユウの母との対面だ。

「なんか緊張してきました……」

千春はそう口にしてから、誤解を与えないよう、慌てて付け加えた。

「いや、勿論お母様とまたお会いできるのは嬉しいんですけど、ほら、両家の顔合わせがうまくいくかなとか心配ですし、私もうまくいくようサポートしなきゃいけないなとか考えたら緊張してきて……あと……その、欲も出てきて」

「欲？」

「あわよくば、お母様に、き、気に入られたいという……」

「ああ！　いいよ、どうせ冠婚葬祭くらいしか会わないだろうし、まあ、そういう親戚《しんせき》がいるんだくらいの感覚でいてくれれば……」

「親戚って、お母様じゃないですか」

「あんまりあの人に正面切って関わると大変だから、ほどほどにした方がいいよ。千春さんも、もし何か変なこと言われたらすぐ教えてね」

千春からすると未来の義理の母だが、ユウからすれば実母。言い方もあけすけで評価も辛くなりがちなのだろうか。

各家庭の事情は色々あるだろうし、結婚するとはいえ千春がああだこうだ言うのも悪い気がする。

それでも、自分の気持ちは伝えた。

「でも、少なくとも、嫌われるのは嫌だなと思うんです」

「それは大丈夫」

根拠もなさそうに言って、ユウはにっこりと笑った。

長い立ち話を切り上げて、彼は店兼住居に帰って行った。

千春は去年の秋に勤めていた会社を辞めて以来、ユウとともにくま弁で働いている。

だが、まだ彼と一緒に暮らしてはいない。ユウはくま弁の二階で暮らし、千春は店から徒歩圏内のこのマンションに住んでいる。

今は結婚に向けて色々準備をしているところなのだ。両家の親に挨拶し、顔合わせをして……二人で暮らすための物件を少しは探しているものの、まだこれといったものが見つからない。

早く一緒に暮らしたいなあ、と千春は胸中で呟《つぶや》いた。そうしたら、毎日色々な話ができるだろうし、別れの時の寂しいような気持ちを味わうこともなくなるのだ。

「……早く家探そうっと」

千春は我知らず呟いて、早速スマートフォンを手に物件情報を漁《あさ》り始めた。

❄

千春が両親を連れてラウンジに行くと、すでにそこにいたユウが、千春たちの姿を見てさっと立ち上がった。隣の女性も一緒に立ち上がり、深々とお辞儀する。

すらっと背が高くて、年齢を感じさせない顔はユウとよく似ている。肩の上でカットされた黒髪は彼女が頭を下げるとさらりと大きく揺れた。

彼女は、亜紀子と晴信、それから千春に丁重に詫《わ》びた。

ユウの母、名前は大上明《おおかみあきら》という。ユウの大上姓は母方の姓だそうだ。

千春の両親と挨拶をした明は、ユウとそっくりのくっきりとした二重の目で、千春を見つめた。千春がどぎまぎする寸前まで見つめてから、ふと目を細める。

「千春さん、またお会いできて嬉しいです」

半ば見とれてしまっていた千春ははっと我に返って、上擦る声で言った。

「私もまたお目にかかれて嬉しいです。今日は遠いところをありがとうございます」

明は柔和そうな笑みを浮かべている。

そのままの雰囲気で、二つの家族はレストランへ移動し、それ以降は何も問題なく、食事会が始まった。

その店はホテルの最上階にあってテーブル席の個室を有し、今日はそこでの会食が予約されていた。

千春の前には先付けとして漆塗りの盆が置かれている。盆には小さな陶器やガラスの器がバランス良く配置され、そのそれぞれに、子持ち昆布、なまこのみぞれ和え、雲丹《うに》のゼリー寄せなどの季節の品が品良く盛り合わされている。

「札幌も寒いですね」

窓からは札幌の街並みが見下ろせた。明は青空の下広がる雪景色に視線をやってそう呟いた。

「そうなんですよ！　昨日はお日様が出ていたのにもっと寒かったんですよ。でも空港が吹雪なんて大変でしたねえ」

亜紀子が、明の一言を拾い上げて、広げていく。天気の話から明が現在住んでいる場所の話になり、それから今日泊まるホテルの話になった時、亜紀子がふと気付いた様子で問いを口にした。

「昨夜到着だったんですよね？　何日か北海道でゆっくりされていくんですか？」

「いえ、夜のうちに移動しようかと思っています」

その説明にぎょっとしたのは、赤貝の手鞠《てまり》寿司を今にも食べようとしていたユウだった。彼は驚いて顔を上げた。

「札幌二泊の予定じゃなかった？」

「中心部のホテル、どこもいっぱいみたいよ」

「えっ……どうしたんだろう。イベントでもあったのかな」

雪祭りはこの間終わったばかりだが、大きな規模のコンサートなどがあると、交通の便の良いホテルの予約が取りにくくなることはある。

「まあ、ちょっと離れたところなら大丈夫そうだったけど、それならもう空港に行こうと思って」

「新千歳空港近くに宿取れた？」

「いえ、今日の夜に飛行機で羽田まで行くつもり。その方が明日《あした》余裕があるからね」

なるほど、確かにそういう日程も可能だろう。

だが、昨日長時間フライトを経て夜札幌に入り、今日の夜にまた飛行機で移動して……というのはあまりに過酷ではないだろうか？

「まあ！　そんな、大変でしょう……」

札幌にゆっくり三泊した上、さらに二泊旭川《あさひかわ》と層雲峡《そううんきょう》に泊まる予定の亜紀子は、同情した様子だった。

「大丈夫ですよ。飛行機好きなんです。移動は苦じゃありません。それより、ご予定を急に変更させてしまって申し訳ないです。今日ツアーなど組まれたり、移動を予約されたりはしていませんか？」

「いいえ！　キャンセルしないといけないようなものはなにもないんです。いつも行き当たりばったりですから」

うふふと亜紀子は微笑んだ。晴信も、穏やかな表情で頷《うなず》いている。

明も、やっと少しほっとした様子で、つられたように微笑みを返した。

「札幌もいいところでしょうし、私も可能ならもう少し滞在してみたかったんですが」

明はいくらか残念そうだった。

そもそも、最初東京で食事会をするのはどうかと提案したのはユウと千春だが、両家の親たちが、それよりは札幌の方がいい、と言い出して、会場が決まったのだ。千春の両親は東京在住だし、ユウの親もどう考えてもシカゴとの直行便がある羽田や成田《なりた》の方が移動しやすいはずだったのだが。

ろくに札幌を案内できないのは、千春も残念だった。

「そうですよねえ、せっかく子どもたちの住んでいるところにいらしたんですもの」

「お店はこの後見せてもらう予定なんですよ」

「あら、いいですね！」

「あの……よかったらご一緒しません？」

明の提案に、あらー、と亜紀子は高い声で喜びを表した。

「いいんですか？」

晴信が遠慮がちにそう言うと、ユウが晴信の杯にそっと日本酒を注いで答えた。

「小さな店ですが、もしお時間ありましたら、是非お立ち寄りください」

「そうですか、ありがとうございます」

晴信が深々と頭を下げるので、ユウも慌てて頭を下げた。

それを眺めて、はっと千春も我に返って徳利を手に取った。

だが、明がそれを見て微笑みながら制した。

「いえ、私は一杯だけで」

言いながら、明は千春の杯を見た。ガラスの器は、まだ緊張の余りほんの僅《わず》か、最初の一舐《な》め分しか減っていない。

「あっ、そうなんですね、私もあまり呑《の》めませんので……」

そう言って千春もできるだけ上品に笑みを返す。えっ、呑めない？　という顔を一瞬亜紀子がしそうになったが、すぐに状況を察してその表情を引っ込めた。

「小鹿《こじか》さんたちは、どちらかに観光に行かれるんですか？」

「ええ！　明日も市内観光の予定なんですよ。ロープウェイで藻岩山《もいわやま》に行こうかなって思ってるんです。札幌を一望できるって聞きまして」

「良いですね」

どこか名残惜しそうに明が相槌《あいづち》を打つ。少し考える様子を見せてから、彼女は恥ずかしそうに言った。

「やっぱり、どこか宿を探してみようかしら。明日、午前中だけなら観光できるんです」

「あらっ、それがいいですよ」

隣の明から無言の圧を感じたのか、ユウがみぞれ和《あ》えに若干むせながらも申し出た。

「あの……母さん、もしよかったら、うちに泊まる？　狭いけど、布団は貸してもらえるから」

「まあ、いいの？　悪いわね」

明はぱっと顔を輝かせてそう言った。元から美人だが、そうやって明るく笑うといっそう華やかだ。やっぱり似てるんだなあと千春は思い、性別の違いはあるものの、ユウの将来の姿をなんとなく胸に思い描いた。

着物姿の店員が汁椀《しるわん》を運んでくれた。

蓋《ふた》を開けると蛤《はまぐり》の香りが湯気とともにふわっと立ち上る。蓋を椀《わん》の縁に沿わせるようにしてそっと水滴を落とすと、雫《しずく》が透明な吸い地を揺らした。

奥行きのある蛤の香りが立ち、木の芽が清涼感を添える。

胸いっぱいに吸い込んで、美味《おい》しそうだな、良い匂いだなと嬉《うれ》しくなる。ふと視線を上げると、明と目が合った。にやついていたところを見られたとわかり、千春は若干引きつった笑みを返した。

明は、そのぱっちりとした二重の目で千春を見つめ、にこりと微笑んだ。


ん、と千春はスマートフォンを覗《のぞ》き込んで小首を傾げた。

食事会を無事に終えて帰宅し、シャワーを浴びて、ようやく緊張から解放された安堵《あんど》感に浸っていたところだ。思い返せばちょこちょこ失敗した場面はあった気もするが、まあ、大方なんとかなった。

寒さに震え、濡《ぬ》れた髪をタオルで乾かしながら、千春はユウからのメッセージをもう一度確認する。

「『無理かも』……って、何が……?」

ユウは晴信と亜紀子をホテルに送り、それから千春と別れて母の明と一緒にくま弁二階の自宅に戻ったはずだ。千春が帰宅して、シャワーを浴びて、スマートフォンを手に取るまで三十分程度。たったそれだけの時間で、何が『無理』になったのか、千春にはさっぱりわからない。

大丈夫ですか、と送ってみる。

すぐには返事が来なかったので、千春は先に髪にオイルを塗り込み、ドライヤーで乾かし、花の香りがするクリームで頑張った両足をマッサージした。

何日も前から散々悩んだ末、最終的にクローゼットから引っ張り出した靴は履き慣れたものではなく、千春の足は労《いたわ》りが必要な状態だった。

「スーツのユウさん、格好良かったな……」

今日のことを色々思い返しているうちに、ふとそんなふうに呟《つぶや》いている。

ユウは、店に立つ時の黒いエプロンと白いシャツ、キャスケット帽という格好も、デートの時のラフな格好も素敵だが、スーツ姿は……希少性が高い。

普段ふわっとしている前髪が搔《か》き上げられて整えられているところも良かったし、普段千春のために屈《かが》み気味になっている姿勢がぴしりと伸びているところも良かった。

勿論《もちろん》見た目に惚《ほ》れたわけではないのだが、好きな人が素敵な格好をしているところを見るのは楽しいものだ。

むふ……と堪《こら》えきれない微笑みが漏れる。

その時、またスマートフォンが鳴った。

「あっと」

見ると、やはりユウからの返信だった。

『母、やっぱり今日はどこかホテル泊まります』

え？　と思わず声が漏れた。聞き返しても答えてくれる相手はここにはいない。千春はクリームを放り出し、両手でスマートフォンを抱え込むようにしてさらなる返信を打った。

『どうしたんですか？』

『喧嘩《けんか》しました』

うっそお、と嘘ではないことがわかっているのに言いたくなる。千春と別れた時、ユウと明はごく穏やかな様子で、喧嘩の気配なんか微塵《みじん》もなかった。

だいたい、ホテルに泊まると言っても、そのホテルが見つからないからユウのところに泊まることになったわけで……。

今から探して見つかるのか？　という疑問が胸に湧き上がる。いや、難しいのでは？

千春はまだ胸に色々な考えが浮かんだり消えたりしているうちに、ユウに電話をかけた。

はい、とユウが少し疲れたような声で電話に出た。

「こんばんは！　あの、お母様のことですが、う……うちに泊まって行かれませんか？

来客用のお布団ありますから！」

考えをまとめる前に口走っていたので、ちょっと言葉に詰まったが、言い終える頃にはそれが一番良い選択肢だと確信していた。将来の義母が、宿がなくて困っている……もしこれが実の親なら千春は迷わないのだから、将来の義母が相手でも、迷わず部屋を提供するのが良いはずだ。

ユウは、すぐに、いやっ、と否定とも遠慮ともつかない言葉を口にした。

『それは、難しいですよ。本当にいいですって。本人、カプセルホテルでもいいって言ってるんで、何かしら見つかりますよ』

「でも、折角ですから！」

『いや、千春さんが頑張る必要ないですって。千春さんちに泊めるくらいなら引き留めてうちに泊まらせます！　だいたい、元はと言えば母の自業自得で……』

ユウは、そこまで言って言葉を飲み込んだ。近くに明もいるのだろう。

千春はユウに頼み込んだ。

「お母様に代わっていただけませんか？」

ユウはしばらく抵抗したが渋々了承し、明と電話を代わった。

「お母様、もしよければ、うちにいらっしゃいませんか？」

千春の申し出に、明も驚いた様子だった。断ろうとする明に、なおも千春は言った。

「前にご挨拶《あいさつ》にお邪魔した時、よかったら今度はうちに泊まってとおっしゃってくださったの、嬉しかったんです。ですから、もしよければ、今日は是非うちに泊まってください」

『いえ、でも……おもてなしされるのが嬉しいからって、おもてなしするのが嬉しいものでもないでしょうし……』

「私が、もっとお話ししてみたかったんです。是非！」

それが決め手になったらしく、明は、最終的には了承してくれた。

千春は電話を切ってから、大慌てで室内のチェックをした。

今日は幸い掃除をしたばかりだったので、少し散らかっていた本や鞄《かばん》などを片付ければすぐに人を迎えられる態勢が整う。前に住んでいた部屋に亜紀子が遊びに来た時は布団屋に布団を借りていたが、その後も割と人が遊びに来ることがあり、引っ越して収納が増えた今は、客用布団も一式揃えている。

「そうだ、お風呂《ふろ》！」

今から来てもらうなら、お風呂にお湯を張っておけばちょうどいいはずだ。千春はもらったばかりで下ろしていないタオルを用意し……そこで、洗面台の鏡に映る自分の格好に気付いた。

もこもこのパーカーにスウェットのズボン。ぎりぎり部屋着に見えないこともないが、千春の実際の用途としては、これはパジャマだ。

「あっ、あ～！」

当然、風呂上《ふろあ》がりなので気合いの入ったメイクも落としている。

眉《まゆ》っ、眉くらい描くか、いや、着替えを……と思っている間に、スマートフォンがもう一度鳴った。びくっとして電話に出ると、ユウだった。

「ど、どうしました？」

『いや、大変だろうから、今日はやめておいた方がいいんじゃないかと思うんだけど……』

「だ、大丈夫ですよお！」

千春はスピーカーにしたスマートフォンをテーブルに置くと、パジャマにしているスウェットのズボンを脱いで、少し迷ってからロングスカートを穿《は》いた。マッサージを終えてリラックスし切った足を窮屈なタイツに通す。

『……本当に、今から行っていいの？』

「勿論っ、今、お風呂沸かしてるんです！　あっ、お風呂もう入ってますか？」

『まだだけど……』

「よかった！」

千春が断る気がないのを感じ取り、ユウは申し訳なさそうに言った。

『それじゃあ、二十分後くらいに母を連れて行ってもいい？』

「はい！　二十分後、大丈夫！」

どうも、千春が準備にばたばたしているのを感じて、少し時間を置いてきてくれるらしい。とはいえあまり遅いと逆に迷惑だろうと、そのくらいに調整したらしかった。

千春は電話を切ると、普段圧縮袋に入れている布団を取り出した。

ぺしゃんこになっている布団がちゃんと膨らむか心配しながら、圧縮袋を開けた。


二十分というのは絶妙な時間だった。

ばたばたと準備をして、これで大丈夫、と思って座った直後、いや、客用スリッパがあるはずだと思い直して腰を上げた。

チャイムが鳴ったのはその時のことで、千春は慌ててインターフォンに出て、それからスリッパを用意して、ドアを開けた。

申し訳なさそうな様子の明が、同じ様子のユウに伴われて、ドアの向こうに立っていた。

ちなみにお風呂は危うく断られそうになった。千春は自分がすでにシャワーを済ませていることを伝え、お湯が無駄にならないようにと説得し、なんとか明を風呂に入れることに成功した。

その間に、ユウは千春に向かって土下座しそうな勢いで頭を下げた。

「千春さん、申し訳ないです」

「いえいえ……お誘いしたのは私なので」

「いや、でも、千春さんに言わなければよかったです。考えが足りませんでした」

恐縮のあまりか、ユウの口調が丁寧語になっている。

「後から聞いてもショックなので、今でよかったですよ……」

千春は慰めになるのかよくわからないことを言い、いっそう抑えた声で尋ねた。

「ユウさんは大丈夫ですか？　喧嘩……って言ってましたけど」

「はい、ええ……」

そう答えてから、ユウは長々と溜息《ためいき》を吐いた。すでに普段同様に下ろした髪が、俯《うつむ》く動きでふわふわと揺れた。

「……今回は、僕の方が我慢をし切れなかったというか……一日日程をずらすことになって千春さんのご両親にも迷惑をかけてしまったので、そのことでもっと反省してくれることを想像していたというか」

「いえ、うちの親のことは……それに、謝ってくださいましたし、もう充分ですよ」

「うん……母としても、千春さんのご両親へは本当に申し訳なく思っていると思う。ただ、その余波でおとなしくなってるような気がしていたけど、相変わらず、僕相手には傍若無人で……いや、僕も言い返したけど……」

長く、深く、ユウは溜息を吐いた。

「たぶん、僕も自分の部屋に泊めて『あげる』という意識があったから、もう少し向こうがおとなしい態度を取ってくれるものと思い込んでいたんだ。でも、そんなことはなかった。母は変わってないんだなって思ったんだ」

そこで、ユウは千春の心配そうな顔に気付いて、申し訳なさそうに微笑んだ。

「大丈夫、千春さん相手にはたぶんまだ猫を被《かぶ》っていたいだろうから……でも、嫌なことがあったら、本当に深夜でもいいから連絡して」

「あの、ユウさんは何を言われたんですか？」

ユウは一瞬言いにくそうに顔を歪《ゆが》めた。

「『魔法の弁当』のこと……」

「えっ、お母様ご存じだったんですね」

「うん……僕も意外だったんだけど、自分で調べてたみたいで」

「そっか、子どものことですもんね。調べたくなっちゃいますよね」

「でも、それで応援するとか、認めるとかじゃないからね、うちの母の場合は……」

「？」

ユウは、心底迷惑そうな表情で、バスルームの方を見やって言った。

「作ってみてくれって言われたんだ」

「へえ……あっ、じゃあお弁当のご注文ということですか？」

すでに店で一緒に働いている千春は、仕事の話かと頭を切り替えた。

だが、ユウは頭《かぶり》を振る。

「面白がってるだけだよ。そんなの、何を作ったって何かしら文句を言われるだろうし、作ることはないよ」

「……作らないんですか？」

ユウはじろっと千春を見やった。

「……母の言うこと全部真に受けてたら、振り回されて身が持たないんだ。千春さんも、本当に今日は泊めるだけって思って、構わないでいいからね」

「そ……そういうわけにはいかないですよう……」

まだ二回しか会っていない千春では、すでに関係が構築されているユウのようには振る舞えない。悪いことを言ったと思ったのか、ユウは項垂《うなだ》れた。

「ごめん……そうだよね。傷ついてほしくなくて……」

ユウの心配もわかる気はしたので、千春は彼の手を取って、その乾いた、荒れた指先を掌《てのひら》で包み込むようにして言った。

「ユウさんと結婚するんですから、ユウさんの大事なお母様とも、こう……円滑にコミュニケーションが取れるようになりたいんです。ただでさえ、日本とアメリカで、離れているから、あまり会う機会もありませんし、こういう時くらい、積極的に関わっていきたいんです」

そこまで言ってから、ちょっと不安に思ってバスルームの方を覗《うかが》った。

「お母様には、ご迷惑かもしれませんけど……」

「いや、それは大丈夫だよ。ありがとう、千春さん」

ユウの手がそっと重ねられ、視線が合う。

見つめ合ううちに、バスルームのドアが開いた。

お風呂《ふろ》上がりの明がそのドアの向こうからひょっこり出てきた時には、ユウも千春も適切な距離を置いていた。すでに髪も乾かしたらしい彼女は、先程着ていた服のままだが、先程よりはやはり血色が良くなって、これが外ならばほかほかと湯気が出そうに見えた。

「お湯使わせていただきました。ありがとうございました」

丁寧にお礼を言われて、千春は恐縮して頭を下げる。

「それじゃ、僕は帰るけど、母さんは千春さんに迷惑かけないでね」

「どうぞくつろいでください。何かお飲み物用意しますね」

千春とユウがほぼ同時にそう言った。明はユウをちらっと一瞥《いちべつ》してから、千春に礼を言った。

「ありがとうございます。お水いただけますか？」

「はい、あっ、水道水ですけどいいですか……」

「勿論《もちろん》」

ふふ、と明は微笑みを漏らしたようだ。ユウは明を一睨《にら》みして、千春に言った。

「朝食はこっちで準備しておくので、二人で店に来てね。七時頃で大丈夫かな？」

ユウのところの朝食は絶品なのだ。千春は緊張もその一瞬は吹き飛んで、笑顔で答えた。

「はい！」

水を美味《おい》しそうに飲む明をまた一瞥し、千春に頭を下げて、ユウは帰って行った。

水を飲み終わった明は、すがすがしい笑顔で言った。

「ごちそうさまです。私、水道水飲み比べするの好きなんです」

「そっ……そうだったんですか」

「今住んでるところもそうなんですけど、シカゴは、お水は綺麗《きれい》でしたけど硬水でしたね。私は平気ですけど、ユウは合わなかったみたいで」

明は機嫌良く話してから、あ、と小さく呟《つぶや》いて口元を押さえた。

「祐輔《ゆうすけ》が嫌がるかもしれないので、詳細は伏せますね」

「あ、はい……」

じっと千春を見つめて、明は尋ねた。

「お風呂入ったんですよね？」

「はい、すみません、連絡いただく前にお先に……」

「いえ、それはいいんですけど。もう一度お化粧させてしまいました？」

千春の喉《のど》が、咳払《せきばら》いをするような変な音を立てた。

はいともいいえとも答えにくく、思わず口を引っ張るような笑みを浮かべて視線を彷徨《さまよ》わせてしまう。明は、あ、とまた小さく呟いて言った。

「ごめんなさい。そんなふうに気を遣わないでくださいねって言いたかっただけなんです。変な言い方でしたね」

正直、気付いてもあまり指摘しないでほしいな……とは思ったものの、たぶん考えたことがすぐに口から出てくる人なのだろう。非難するような意図はないのだ……と思う。

「えっと……それじゃ、お布団用意してありますから、こちらどうぞ。お疲れでしょう」

現在の千春の部屋は1DKだ。客用布団は寝室のベッドの横に置いてある。

それを見ると、明は礼を言って、ひょいと布団を持ち上げた。

そのまま、敷き布団と掛け布団をまとめて、隣のダイニングルームに運ぶ。

うん⁉　と思っている間に、明はダイニングテーブルを横にどけて、空いたスペースに布団を敷き始めた。

「あのう……そちらでいいんですか？」

「ええ、別の部屋の方がお互い寝やすいでしょう？」

明は笑いながらそう言ったが、千春を見やってはっと我に返ったような顔をした。

「……もしかして、一緒に寝るつもりでした？」

「い、いえ、私はどちらでも……」

明は千春をじっと見つめた。観察されているようで、千春が気まずく感じる直前、またふと眼を逸《そ》らした。

「ごめんなさいね。でも、気を遣ったり遣われたりするのは、苦手で……私はこちらで寝たいので、そうさせてもらってもいいですか？」

未来の義理の母（予定）から丁寧にそう言われて、千春は、勿論です、と答えた。どう考えてもそれ以外の答えはない。

千春は就寝の挨拶《あいさつ》をすると、部屋の扉を閉めて、自分の寝室でベッドの中に入った。ドアを隔てているせいで、明の気配はわからない。寝返りを打つような音も聞こえず、寝息も聞こえない。

「…………！」

千春は枕に顔を埋《うず》めて、飛び出しそうな声を自分の口の中に押し戻した。

（めちゃくちゃ失敗した……！）

明がどういう人で、何を考えているのか、千春はまだきちんと把握出来ているとは言いがたいが、本人の申告通りの人なら、千春は彼女にとって、かなり鬱陶《うっとう》しい人間だったかもしれない——と思うのだ。

考えてみたら、確かに一緒の部屋で寝るよりは多少狭くても別室で寝た方が落ち着く。現に今がそうだ。

今まで、友達や身内しか部屋に泊めていなかったから、そんな簡単なことに意識が行かなかった。

やはり好かれようと気負ったのがよくなかったのか。千春は盛大に反省し、しばらく寝返りを打ち続け、その夜はなかなか寝付けなかった。

くま弁の店舗奥の休憩室には、朝食が準備されていた。ちゃぶ台には、玉子焼きや納豆、根菜と高野豆腐の煮物、青菜のお浸し、昆布の佃煮《つくだに》、海苔《のり》といった定番のメニューの他に、鰊《にしん》の切り込みやたちポン、カニの脚がはみ出た鉄砲汁まで並んでいる。千春と明が揃って目を丸くしていると、ユウが炊きたてご飯をお櫃《ひつ》に入れて持ってきた。

「あ、母さん、千春さん、おはようございます」

「おはようございます。私よそいますね」

「じゃあ、お願いします。もう終わるので」

ユウはそう言って一旦《いったん》厨房《ちゆうぼう》に戻って行った。

千春はちゃぶ台の茶碗《ちやわん》を取って、お櫃から炊きたてご飯をよそう。明はそれを手伝いながら、ちゃぶ台の上から目が離せない様子だった。

「普段から、くま弁ではこういう朝ご飯を食べている……というわけではありませんよね？」

明にそう確認されて、千春は少し考えて答えた。

「さすがに、カニは初めて見ました。いくらの醬油《しようゆ》漬けが出てびっくりしたことはありますけど……」

「お待たせしました」

そう言って熊野《くまの》が皿を持ってきた。こちらは焼き物だ……が、もしかしてこれはいわゆる本ししゃもではないだろうか、と千春はその微《かす》かに桜色をしたししゃもの身を見て思った。千春も話に聞いただけで、まだ食べたことはない。千春としてはカペリンという名を持つあのやや細身のししゃもも好きなのだが、本ししゃもは身がふっくらして、それは美味しいという。

　明は恐縮した様子で熊野に頭を下げた。

「おはようございます。こんなにたくさんご用意してくださってありがとうございます」

　熊野も折り目正しく頭を下げて説明した。

「遠路はるばる来てくださったのに、あまり時間もないと伺ったんで。どうせならあれもこれも食べていってもらいたくて、勝手に用意させていただきました。良かったら少しずつでも召し上がってください」

　明は恐縮した様子でもう一度礼を言った。

　ユウが糠漬《ぬかづ》けを持ってきて、ちゃぶ台に置きながら言った。

「まあ、僕は、今時海外でだって日本食くらい気軽に食べられると思いますよ、とは言ったんですけど」

「勝手なこと言わないで、祐輔。私今感動しているんだから。すみません、熊野さん、写真を撮ってもいいですか？」

　ちゃぶ台の様子を数枚写真に収めると、明は冷める前にと、急いで座布団に座った。

　千春はその隣に陣取った。出会ってからこれまであまり感情を表に出していなかった明が、確かに今は心動かされた様子に見えた。感動というのもただの世辞ではないのだろう。

千春も改めてちゃぶ台の上を眺めて、まさに壮観というべき光景に溜息《ためいき》を吐いた。

「これはなんでしょうか」

「鰊の切り込みです。麹《こうじ》と漬けて発酵させたものです」

「これは……鱈《たら》の白子ですよね」

「ええ、真鱈の白子です。ここらでは、たち、と言います。さっと湯がいてあります。ポン酢と紅葉おろしでどうぞ」

これが本ししゃも、花咲ガニ、ごはんはどこの……と説明を聞きながら、明は半ば途方に暮れた顔をしていた。どれから食べたらいいのか悩んでしまったらしい。最終的に、彼女はカニ脚の飛び出した汁椀《しるわん》を手に取って、口を付けた。

目を閉じて、それから開く。長い睫《まつげ》の間から、きらきらと輝く目が覗《のぞ》いた。

はあ、と嬉《うれ》しそうに溜息を吐いて、美味《おい》しい、と呟く。

それを見て、ああ、おもてなしだなあ……と千春はしみじみと感じて、昨夜の自分の失敗を思い返し、思わず表情が強張《こわば》りそうになった。

その顔を見られまいと、千春も鉄砲汁を一口啜《すす》った。

カニの香りが、味噌《みそ》の風味とともにじんわり胸に、腹に染みこんでいった。殻に包まれた脚の方は、頬につんつんと当たって、痛かった。

亜紀子は明の説明を聞いて、あらー、と朗らかに笑った。

「千春の部屋にいらしたんですか。ゆっくり眠れました？」

「ええ、おかげさまで。親切にしてくださって、優しいお嬢様ですね」

あなた褒められてるわよと言いたげに、亜紀子はうふふと笑いながら千春の脇を突《つっ》いた。そんなあからさまなお世辞に喜ばないでほしい……と千春は余計に落ち込んでいた。

千春が鉄砲汁付きの豪華な朝食を終えた頃、晴信と亜紀子がくま弁を訪れた。今日札幌を発つからと、別れの挨拶に訪れたのだ。

明はちょうど玄関から外に出たところで、くま弁の外観写真を撮影していた。両家の親たちの間には、昨日よりは少し砕けた雰囲気があった。

「あらー、じゃあ今日は大上さんも藻岩山に？」

「ええ、ロープウェイで。すみません、昨日お話を伺って、楽しそうだったもので……」

「私の紹介が良かったのかしらね——なんて、うふふ。良いところみたいですものねえ。行きたいところに行くのが一番ですよ」

そこで、千春ははっと我に返った。親の隣でしょぼくれている場合ではない。

「あのう、よければ観光案内させてください」

そう口にしてから、いや、そもそもこれも余計な気遣いかもしれない……と気付いて笑顔が引きつった。明はそんな千春をちょっと眺めてから、首を横に振った。

「いえ、私は……昨夜泊めていただいて、これ以上ご迷惑をおかけするのも申し訳ないですし」

「あら、それじゃあ私たちとご一緒してくださいません？」

千春はぎょっとして母を見やった。亜紀子はなんの意図もなさそうな顔で、にこにこと明に笑いかけている。

「お邪魔では……」

「そんなことないですよ。目的地は一緒でしょう、それなら一緒に市電に乗りましょう。私、前に来た時に娘に教えてもらっていて、停留所も覚えてますから。それぞれ行きたいところがあるとか、ゆっくり見たいところがあるとかなら、そこでお別れもできますし、とりあえず一緒に行きませんか？」

明はきょとんとした様子で亜紀子を見つめて、それから晴信を見やった。晴信も隣の妻そっくりの笑顔で、うんうんと何度か頷《うなず》いて言った。

「お誘いありがとうございます。是非途中までご一緒させてください」

明は、結局その申し出を受け入れた。


千春とユウは、くま弁の前で明たちを見送った。

明の飛行機は今日の昼過ぎに新千歳を発つ。荷物を取りに一旦《いったん》くま弁に戻ると言う明に、荷物はユウと千春で運ぶから、札幌駅で落ち合おうと話した。その方がゆっくり観光できるだろう、という忙しい母へのユウのせめてもの配慮だ。

親たちが停留所目指して道を曲がるところまで見送ってから、ユウは千春の手を握った。

千春がユウを見上げると、随分と心配そうな目と目が合った。

「どうしましたか、ユウさん」

「あの……千春さん、大丈夫？　何か気にかかる事でもあるのかなと……」

「ああ、うちの母がご迷惑おかけしないかなと心配で」

「えっ、千春さんのお母様が？」

「はい……」

「千春さんのお母様がうちの母に迷惑をかける？　逆だよ、千春さんのお母様の方がうちの母より札幌に詳しいんだから。いや、そういう意味では、僕の方も心配だけど……」

どうやら、自分たちは自分の親が相手の親に迷惑をかけるのではないかと心配しているらしい。

千春は思わず笑ってしまった。ユウもつられたように笑い出す。

「母が僕の言葉を聞いたら怒るだろうな、子どもにそんな心配されるなんてって」

「うちの親も。お母さんの何が心配なの？　って」

笑うと幾分肩の力が抜けた気がする。

そうすると、ぽろりと内心が零《こぼ》れ出た。

「私は、あんまりおもてなしできなくて、申し訳なくて……」

話すうちにまた落ち込んできた。千春の表情が暗くなるのを見て、ユウが両手で千春の右手を握った。

「おもてなしとか全然気にしなくていいんです。めちゃくちゃな人ですから、付き合ってたら身が持ちませんよ！」

そこへ、こら、と熊野が声をかけてきた。彼は掃除道具を手に持っている。

「店の前で話すようなことじゃないだろう。掃除するからどいたどいた」

熊野は替わろうとするユウを手で払うようにして押しのけ、店舗前の掃除を始めた。

ユウは邪魔だ邪魔だと言われて、玄関から建物の中に戻った。千春も続いた。御膳《おぜん》はすでに下げられているが、厨房《ちゅうぼう》での皿洗いはまだ済んでいない。

千春は腕まくりをした。ユウも同じようにしてシンクの前に並ぶ。

茶碗《ちゃわん》を洗うユウの手つきは、いつもより少し荒っぽい。

「母は信じられないくらいわがままなんですよ。どんなに親切にしたって何も返そうとはしませんからね」

「わがままなんて感じませんでした。マイペースそうでしたけど……それに、親切って返してもらうためにするものじゃないでしょう」

「マイペースも行き過ぎればわがままですよ、自分のペースをどこでも貫こうとするんですから」

ユウは珍しく憤慨しているようだ。

明は亜紀子や熊野の親切は受け入れ、感謝しているようだった。千春は自分の言葉を思い返していた――親切は、返してもらうためにするものではない。千春の『親切』は、『好かれたい』という下心が透けて見えていたのではないだろうか。明はそういう部分を見抜いてしまう人なのだろう。

そうすると、やはり自分が悪いように思えるのだ。皿洗いのすすぎをする千春の手はいつの間にか止まっていた。

「千春さん？」

名前を呼ばれ、千春は意を決してユウの顔を見た。

「お母様のこと、もっと話してください」

「え？　母の？　うちの？」

「はい。私……お母様に好かれたいとか嫌われたくないとか思ってるんですけど、そもそも、お母様がどういう人かもよくは知らなくて……それなのに、『ユウさんのお母さん』だから嫌われたくないって考えるのは、お母様をそういう……立場？　でしか見てないなと思うんですよね。そうじゃなくて、ちゃんと知り合いたいです。でも、やっぱりあんまり頻繁に会えるわけではないから、ユウさんの話を聞きたいです」

ユウは少しの間、千春をまじまじと見ていた。見つめられて気付いたが、やはりこの親子は目元がよく似ている。ユウの場合は、明らかな親しみが感じられるが、明の場合は、どこか見透かすようでもある――いや、思い返してみれば、ユウに初めて会った頃も、彼から見つめられると、見透かされているような気分になったものだった。

「わかった……」

そう言ってから、ユウは悩んでいるのかまた数秒黙り込んだ。

「ええと……じゃあ、どういうことを話そうか」

「思い出話でいいですよ。ユウさんの話したいことからで」

じゃあ……と言って、ユウは茶碗を洗いながら、話し始めた。


子どもの頃の話、アメリカでの話、それから料理人を志して、母と喧嘩《けんか》になった話。

「たぶん、父と同じ道に僕が行くのが腹立たしかったんだろうね。一緒にいたのは自分なのに、父に取られたみたいだって言っていて。なんで、なんで、って滅茶苦茶言われたけど、そのたびに料理を選んだ理由を説明していたら、最終的には納得してくれたよ。私が物わかりの良い親でよかったわねって捨て台詞《ぜりふ》吐いてたけど」

千春は明の言い草に思わず笑った。

「当事者にとっては笑い事じゃないんだけどね……」

「ご、ごめんなさい」

咳払《せきばら》いをして笑いを追い出す。

「えっと、……それで、結局お父様のところで働いていたんですよね？　それはお母様にとっては問題にならなかったんですか？」

「いや、勿論《もちろん》文句を言われたけど、僕は聞き流してたから……」

「ユウさんこそマイペースじゃないですか」

千春にそう言われて、ユウはきょとんとした顔をした。ふわふわと台所用洗剤のシャボン玉が宙を漂い、二人の視界から外れていった。

「どんなに言われても考えを変えないし、話を聞かないし、頑固っていうか……」

「母もそういうところあるんだ……」

「………」

千春とユウは顔を見合わせて、ほとんど同時に笑った。

「もしかして、似てるのかな……」

「もしかして、じゃないですよ。本当にすごく似てますよ！」

「そう……そうか、似てるんだ……」

どうやら少し落ち込んでいるらしい。

千春は背中を撫《な》でようとして、皿洗いをしていた手が濡《ぬ》れていることに気付いて、脇を突《つつ》くに止《とど》めた。

「いいじゃないですか、私、今度はゆっくりお母様とお会いしたいです。もっと、お話ししたくなりました」

ユウに似ている——いや、ユウが明に似ているのだが、その事実が千春にはとても喜ばしいものに思えた。

「……本当に？」

「ユウさんのご家族が、ユウさんに似た人でよかったなあと思いますから」

「あの……千春さん、もしよかったらなんだけど……」

「はい？」

千春は聞き返し、ユウの態度がどこか真剣な様子に見えて、濡れた手のままはっと姿勢を正した。

「お願いがあって……」

「あ！」

ユウの言いにくそうな様子から、千春は想像力を働かせた。

「お母様の、ご依頼の件ですか？」

「えっ」

「魔法のお弁当の……」

と言いかけて、千春は相手の表情がびっくりしたような、がっかりしたようなものであることに気付いて、言葉を切った。

「……もしかして、別のことですか？」

「別のこと……だけど、確かに、母の依頼の件もあったね」

ユウは苦笑に近いものながら微笑んで、洗った後の鍋《なべ》とスチールウールを手に取った。

僅《わず》かな曇りが気になったらしく、磨き上げていく。

「でも、本当に面白がっているだけだと思うから……」

「面白がっててもいいじゃないですか。実際、面白いですもん、魔法のお弁当なんて」

鍋を磨く手を一瞬止めて、ユウは千春をちらっと見やる。

「あっ……いえ、魔法のお弁当って名前だけでも興味深いしな〜って……」

「いや、いいんだけど、千春さんに面白がってもらえる分には」

「お母様だって、からかおうとか何か文句を言ってやろうとか思って注文したわけじゃないと思いますよ。きっと、食べたいだけですよ。自分の子どもが作った、人気商品ですから」

「………」

「それに、良い機会じゃないですか。すっごく美味《おい》しいお弁当作ってあげましょうよ。お母様の好きな食べ物だって、ユウさんは知ってるんですから。ユウさんの凄《すご》いところ、見せてあげたらいいんです！」

力こぶを作ってそう言う千春を見て、ユウは数秒呆然《ぼうぜん》としてから、噴き出すように笑った。

「確かに、母の好物は覚えてるよ……いや、今千春さんと話していて、思い出したんだ。ありがとう」

自分との話がどうやら役に立ったらしいとわかって、千春は嬉《うれ》しいのとなんだか照れ臭いのとでこみ上げてくるものがあり、えへへと笑った。

「人に話すと、気持ちや考えを整理できたり、思い出せたりしますもんね」

「人にというか……千春さんだからだよ。千春さんがちゃんと向き合わせてくれたから……というか、照れてるの？　千春さん」

「えっ？　へえ、はあ……」

笑みが引きつる。実際照れているのだ。ユウから愛情を伝えられたような気がして。

ユウが千春をじっと見つめる。それから、表情を急に引き締めて言った。

「相手が千春さんだから、僕は話せたし、思い出せたんだと思うよ」

ユウに真剣な顔で見つめられ、千春は一瞬息を呑《の》んだ。頬に熱が集まる。嬉しくて、こそばゆいような感情が胸に溢《あふ》れ――そこで、面白がるようなユウの表情に気付いて、あっと叫んだ。

「い、今、私をからかってますね!?　私をからかって遊んでいる！」

千春は腹立たしくなって、布巾《ふきん》を雑巾《ぞうきん》でも絞るように握り締めた。

「だって面白くて……」

ユウはそう言いながらも堪《こら》えきれない様子で笑っている。

「家族になろうって言ってるのに、今更そんなことで照れるの？　ってびっくりしちゃって。僕はこれからも千春さんにたくさん感謝するだろうし、大好きだってことを伝え続けていきたいけど、そのたびにそういうふうに僕の好意を逸《そ》らすような態度を取られると、少し寂しくて、もっと伝えたくなっちゃうかな」

「…………」

ユウの言い分にも一理あると認めて、千春は咳払いをした。

「わかりました。ちょっと、照れ臭くなっちゃって。調子に乗って色々言っちゃったかなとか……」

「いいんだよ、もっとたくさん言って欲しい」

調子に乗せてくるのがうまいなと思いながら、千春はこれ以上は一旦《いったん》控えようと、ユウに話を振った。

「それで、魔法のお弁当ですけど、何を作るんですか？」

「短時間だけど、せっかく北海道に来たんだし、北海道の食材を使ったものがいいと思うんだ。熊野さんが用意してくれて、今朝は色々食べられたけど、お弁当は機内で食べるだろうから、もっと食べやすくて、ほっとする、素朴な感じのを」

「いいですね！　そういえば、さっき思い出したって言ってたお母様の好物って……」

「母とは向こうで僕の高校卒業まで一緒に暮らしたんだ。その時の、思い出の味にしたいと思っている」

僅《わず》かに微笑みを浮かべた、穏やかな表情で、ユウは鍋を磨き上げていく。

「私にも、手伝わせてくださいね」

千春がそう言うと、ユウの表情はぎくりと強張《こわば》り、戸惑いが混じる。

「……僕はともかく、千春さんが関わったものをけなされるのはかなり嫌だなと思うので……」

「ああ！　その気持ちは分かるような……」

こんなことはあり得ないだろうが、もしも千春の親がユウの作ったものに文句を言うようなことがあれば、千春としては酷《ひど》くショックだろう。

とはいえ、千春はしばらくうんうんと唸《うな》ってから言った。

「食べる頃には機内でしょう？　もし何か言われたら、きっと気圧のせいで調子が悪かったんだなとでも思いましょうよ」

ユウは鍋を磨く手を止めて、ぎょっとした顔を千春に向けた。

「ユウさんのお弁当なら、お母様はきっと喜んでくれますよ。もし何か、納得できる指摘をされたのなら、勉強になったと思えば良《い》いんです。でも、万が一、お母様が最初からなんでも文句を付けてくる気でいるのなら、悩むだけ無駄ですから、気圧の変化とか、長旅で疲れているんだろうなとか、そういうことのせいにしちゃいましょう。そうしたら腹もあんまり立ちません」

千春の説明を、ユウは、何かむちゃくちゃなことを言われているかのように、唖然《あぜん》とした顔で聞いている。

「あ、勿論、私はお母様はそんなふうに文句を付けてくる人ではないって思っていますよ」

「…………いや、僕が驚いているのはそこじゃないんだけど。千春さんは、いつもそんなふうに考えているの？」

「えっ……いつもではないですが、何かあった時に、そう思って切り替えてます……前職の経験上……？」

「……そっか」

ユウはしばらく考える様子を見せた後、今回はそう心がけてみるよ、と言った。

ユウが明と決めた待ち合わせ場所は、札幌駅の改札前だった。

ユウと千春が人の流れを避けて、通路の脇の方でスーツケースを床に置いて待っていると、明たちは予定の時間を少し過ぎた頃にやってきた。

亜紀子に振り回されてうんざりしていないかと心配していたが、明は朗らかな笑顔をしていた。

「お待たせ、荷物ありがとう」

「もう次のに乗らないといけないんだろう？　もっと余裕持って戻ってきなよ」

ユウが呆《あき》れた顔でそう言い、明を迎えた。

「大丈夫よ、まだ十分くらいあるから」

明は息子の文句をそういなすと、晴信と亜紀子を振り返って、頭を下げた。

「今日はありがとうございました。ご一緒できて楽しかったです」

「よかったわあ、私たちもとっても楽しかったです」

なんだ、思っていたよりずっと穏やかな雰囲気だ……と千春は胸を撫《な》で下ろした。

「今日はすみません、母がお世話になりました」

ユウも明の隣で頭を下げる。晴信は笑って頭《かぶり》を振った。

「いえいえ、こちらこそ、うるさくしてしまって」

「とんでもない。色々教えていただいて、お土産を買うのも付き合ってくださって……」

千春は様子が気になって、明に確認した。

「あのう、今朝は藻岩山に行かれると伺いましたが、他にもどこかに？」

「ええ、藻岩山ではそれぞれ自由に行動して、その後は美味しいパフェのお店があると伺ったので、そちらに一緒に。あと、お土産に常温で持ち歩ける瓶詰めも一緒に選んでくださいましたよ」

自由に行動……というところを聞いて、あっ、なるほどと千春は思った。一緒に藻岩山には行ったけれど、行きたい場所がそれぞれ違うから自由行動しましょう、次は私たちはここに行きますけどどうします……というようなやりとりがあったのだろう。ごく自然なやりとりだろうが、たぶん、それが押しつけがましくなくてよかったのだろう。

考えてみれば、千春だってほぼ初対面の相手とずっと一緒にいて色々見て回りたいとは思わない。同じ寝室で寝るのも同じで、きっと落ち着かないだろう。

普通の気遣いだと思うのだが、千春は、自分が好かれたい、親切だと思われたい、親しくなりたい……などの自分本位な考えが先走って、その普通の気遣いができていないなかったのだ。

「ねえ、見て見て、私も大上さんに選んでもらったのよ！」

亜紀子はそう言って、胸元のブローチを指差した。真鍮《しんちゅう》製の、ころんとしたフォルムのシマエナガだ。その丸っこく愛嬌《あいきょう》のある鳥は、どこか亜紀子自身にも似ている。

「えっ、今日選んでもらったの？　時間ないのに……」

「いいんですよ」

明は亜紀子と顔を見合わせてにこにこ笑い合う。その様子に安堵《あんど》して、ふと気付いて父を見ると、晴信もどこかほっとしたように微笑んでいる。母親同士で仲良くなって、父はちょっと蚊帳《かや》の外だった可能性もある……千春は後で晴信を誘ってお土産を選ぼうと思った。

「あの……母さん」

ユウがいくらか緊張した面持ちで——しかしその緊張を悟らせまいとするような何気ない態度で、手にしていた袋を明に差し出した。くま弁のロゴ入りのいつもの袋だ。

「これ。機内で食べて」

「あら、ありがとう。お弁当？」

「そうだよ。……昨夜、言っていたから……まさか、覚えてないの？」

「……あっ、あれね、夢のお弁当」

「魔法の」

「そうそう、魔法のお弁当」

ユウは、自分が想像していた以上に母がまったくユウの弁当に興味がないらしいと気付いて渋面になった。彼は、千春が見たこともないような苦々しげな顔で、すっと弁当の袋を引っ込めようとした。

それを、明は一応手を伸ばして引き留めた。レジ袋の持ち手を引っ張り合う形になって、仕方なさそうにユウが手を離す。

明は、こちらも仕方なさそうに袋を受け取り、お土産の袋とともに手に提げた。

「どんなお弁当なの？」

「母さんの好きなやつ……テリヤキだよ」

小首を傾げて、明は不思議そうな顔をする。

「……どうしてテリヤキなの？」

「だっていつもテリヤキ味だったから……」

そう言いかけて、ユウは想定していなかった事態に思い至ったらしい。

「……違ったの？」

明は呆れ顔で答えた。

「違うわよ。テリヤキ味が一番外れがないってだけ。どこに行ってもあるし、とりあえずテリヤキ味があったらテリヤキ味食べてたの」

そういえば千春も聞いたことがある。海外でもテリヤキの味付けは人気らしく、

Teriyakiで通じるという。

「まあ、日本の照り焼きとはまた違う味付けのことも多いけど……辛かったりとか、フルーティだったりとか、バーベキューソースっぽかったりとか。でも、そういう違い自体を楽しんでいるというかね……だから、テリヤキが好きっていうのとは、ちょっと違うのよ」

「…………それは好きって言ってもいいんじゃないの⁉」

「あ！　あの、それって……」

思い当たることがあって、千春が口を挟んだ。

「お母様、うちにいらした時、水道水を飲み比べするっておっしゃってましたよね、ほら、場所によって味が違うからって……」

「そう、それと一緒なんです。食べ比べが好きなのであって、それ自体が好きっていうのとはまた違うんです。ほら、祐輔、千春さんの方がよくわかってるわ」

ユウは無言のまま、母を睨《にら》んでいる。

さすがに少し分が悪いと思ったのか、明は咳払《せきばら》いをして言った。

「……まあ、嫌いじゃないから、いただくわ。ありがとう」

「別に無理して持ち帰らなくてもいいんだよ？」

「何言ってるの、私のために作ったんでしょう？」

「でも、他のものの方が良かったんだろう？　なら、それを食べた方がいいんじゃない」

かな」

「そうね、でも和食も北海道の味覚も熊野さんが親切にも作ってくださったから、今度はあなたのテリヤキ食べてみたいわ」

「いやあ、悪いからいいかなと思うよ、俺のことなんか気にしないで」

「そんなふうに言うものじゃないわよ」

一応、亜紀子や晴信の目を気にしてか、明もユウも口調は穏やかで笑顔だったが、言っている内容は結構喧嘩《けんか》腰だ……というか、率直に言うと、意地を張り合っていて、子どもみたいだ。

「あなたがせっかく作ってくれたんですもの、ありがたくいただくわ」

「いいんだよ、短い滞在なんだから好きなもの食べてほしいんだ」

二人とも、相手を気遣う言葉を言いつつも自分の意志を絶対に曲げず、千春は呆気《あっけ》にとられたが、聞いているうちにふふっと笑ってしまった。

途端に、二人の視線が千春に集まる。

千春は笑ってしまったことに気付き、血の気を失った。

「あっ、すみません！　あの……」

二人とも子どもみたいで面白かったから——とはさすがに言えず、千春は、それよりはまだ穏当そうな表現を探した。

「お、お二人とも全然譲らないので……親子だなと……」

ユウは言われた途端に気まずそうな顔で黙り込んだ。

何しろ、今の彼らの会話は、『話を聞かない』『どんなに言われても考えを変えない』など、今朝千春が指摘したままだったのだ。

明は反論しようというのか口をぱくぱくと開いて、閉じて、そして結局彼女もまた笑い出した。

「やだ……そうですね、そうね、二人揃って子どもみたいでしたね。ごめんなさいね、皆さん。お恥ずかしいところをお見せしてしまって」

「い、いえ、こちらこそ失礼しました。笑ったりして……」

「私たち二人だけだと、すぐに喧嘩になってしまって……でも、祐輔は、千春さんがいると毒気を抜かれるみたい」

明は照れた様子のユウをちらりと見やってから、千春にもその笑みを含んだ目を向けた。きらきらと輝く、黒目がちの目だ。

「それから、私も。ありがとう、千春さん」

ユウとよく似た目で見つめられ、千春は温《ぬく》もりが胸に広がるのを感じた。

明を好きになれそうだと思った――いや、好きだと感じた。率直で、頑固で、ユウと似ている年上の女性。

「母さん……」

ユウは明を意外そうな顔で見ていた。その息子の顔を、明はちらっと見返した。

「何よ？」

「いや、やけに素直だから……」

「それがなんなの？」

ユウは少し考えてから、照れたような顔で言った。

「いや、確かに、僕たちは似てるんだなって思ったんだ。あの……本当はこのお弁当、母さんのために作ったものだから、やっぱり食べてほしいんだ。千春さんも一緒に作ってくれたんだよ。さっき言ったことは撤回するから、食べてくれないかな？」

明は手元の弁当の袋を見やり、またユウを見た。明の顔からは、それまでの頑《かたく》なな、険のある雰囲気は消えていた。

明は、息子の顔を不躾《ぶしつけ》なくらいまじまじと見つめたあと、柔らかく微笑んだ。

その笑顔は、ユウのする笑顔とそっくりだった。


列車の到着が近づいて、明はスーツケースを手に別れの挨拶《あいさつ》をしていった。千春の両親に、ユウに、それから、千春に。

だが、不意に明は、何か思い出した様子で、言い忘れていたことが……と切り出した。

「初めて会った時からどうしても一言言いたいことがあって……」

意味深な言い回しだ。そういえば、明はよく千春をじっと見つめる。観察するように、何か言いたいことがあるかのように。

今もその目で見つめられ、千春の心臓は嫌な跳ね方をした。

明は、千春の髪の毛を指差して言った。

「その髪型、私とお揃いですよね」

そう言われて初めて千春も気付いたが、確かに千春も明も同じように肩の上辺りで髪を切り揃えている。

髪質は違っていて、千春はふわふわとして色素も薄め、明は艶《つや》やかな黒で直毛だからわかりにくいが、髪型は同じだ。

「……お揃い……ですね」

「ね？」

明は嬉《うれ》しそうだ。

「でも私とは随分印象が違うから、面白いものだなと思ったんですよ」

「そりゃ印象違うでしょう、千春さんは母さんみたいにめちゃくちゃな人じゃな……いや、なんでもないです」

ユウがごにょごにょ言っているが、千春はどうやら自分を見つめる明に批判的な意図はなかったらしいとわかって心底安堵《あんど》していた。

「そ……そうだったんですね～！　私、何か緊張してしまって……怒られるのかなってどきどきしてました……」

思わず本心がそのまま出てしまったが、明は特に驚いていていない。

「ああ……すみません、そう言われることがあるんです」

「顔が怖いんじゃない？」

余計なことを言ったユウを軽く睨み付けてから、朗らかに笑い飛ばした。

明は急いで改札を駆け抜けていった。混んでいたためスーツケースを立てて運びながら、一度だけ千春たちを振り返って手を振り、亜紀子たちには頭を下げた。

彼女の姿が雑踏の向こうに消えてしまってから、晴信は電光掲示板を見上げて時刻を確認した。

「もうこんな時間か。じゃあ、我々も荷物を持ってきて移動しますね」

「今日は母がお世話になりました」

晴信と亜紀子は荷物を駅のコインロッカーに入れていると言うので、取りに行くことになった。

そちらへついていこうとした千春は、亜紀子に呼ばれて足を止めた。

ちょっと悪戯《いたずら》っぽい笑みで、亜紀子は千春の顔を覗《のぞ》き込む。

そして、少しだけ潜めた声で言ったのだ。

「良い嫁でいようとか考えてない？」

自覚している部分だったので、千春もぎくりとした。

だが、ついつい親に心配をかけたくなくて、下手くそにごまかしてしまう。

「別に、自然に接してるつもりだけど？」

「ほら〜、そういうところよ、見栄っ張りなんだから」

「そ……そんなのじゃなくて……」

否定しかけて、そもそもまさに今、親に心配かけまいとしていた自分の心境に思い至る。他にも心当たりは色々ある……見栄っ張りだ。

「でも、ほら、ちゃんとしてた方が……嬉しいものじゃない？」

千春がかろうじてそう反論すると、亜紀子は呆《あき》れたような顔をした。

「家族って、ずっと続くものなのよ。努力して、理想に近づくのも大事だけど、やり過ぎて、千春がしんどくならないようにね」

「ん……うん」

亜紀子が明と楽しく過ごせたのは、亜紀子が明の『息子の良き姻族』でいようとしたからではない——単純に、ほどよい距離感と気遣いをお互いに保っていたからだ。

単にそれだけのことならば、確かに継続できそうな気がする。

「そうだね、ずっと続くんだね……」

「そうよ、マラソンのつもりでやりなさいよ。今この瞬間だけごまかせばいいって相手じゃないんだから。わかるでしょう？」

「……うん」

「千春には千春の良いところがあるんだから、大丈夫よ。祐輔さんも、大上さんも、千春の良いところ、ちゃんと見てくれてるわよ。ね？」

亜紀子はそんな様子は見せないが、やっぱりなんだかんだ言って娘が心配なのだろう。

「ありがとう。気を付ける」

千春がそう言うと、亜紀子は、満足そうに微笑んだ。

❄

羽田行きの飛行機が、定刻通りに飛び立った。

雪原を置いてけぼりにして、視界は青空と雲で埋め尽くされる。今朝も寒かったが、すがすがしい青空だ。

頭上のシートベルト着用サインが消えるとすぐに、明は前の座席の背部からテーブルを出して、そこに弁当を置いた。

飲み物のサービスが来てから食べようと思っていたものの、どうにも気になってしまって、蓋《ふた》を開けて中をそっと覗《うかが》う。

テリヤキと祐輔は言っていたが、確かにその通りで、真っ先に目に入ったのはつやつやの手羽先だ。なるほど、これがテリヤキなのかと思ったら、その隣のハンバーグも目に飛び込む。こちらもどうやらテリヤキハンバーグらしい。その奥には大ぶりの海老《えび》フライも見える。こちらはタルタルソースがたっぷりかかっているようだ。海老フライも実は結構好物だが、ちょっとボリュームがありすぎやしないか、と年々食べる量が減ってきた自分の胃腸を顧《かえり》みる。

祐輔の中では、明の食欲は十年以上前で止まっているのかもしれない……。

副菜のサラダはパリッと揚げた根菜と豆類もたっぷり使われていて、水菜の緑との彩りも良い。ドレッシングは何かしら、とちょっと気になってしまうが、いや、飲み物のサービスが始まってからと我慢する。

そして、炭水化物としてこんもり盛られたバターライスとペンネのナポリタン。

「…………？」

何か、この組み合わせは見覚えがあるような気がする。

その時、ごはんの横に添えられていた小さな二本のピックを見て、気付いた。

明はそのピックを、こんもり盛られたごはんの上に刺した。

日本国旗とアメリカ国旗が、バターライスの上に掲揚された。

手羽先にハンバーグ、海老フライにサラダ、バターライス……そしてナポリタン。

お子様ランチだ。

五十を超えた母親に持たせる弁当が、お子様ランチ？

いったい何を考えているのかと呆れつつも、添えられていたフォークでサラダをつついてみる。ふと香りが立った。もしかして、と思って揚げた根菜と水菜を口に入れると、チーズの味が舌に広がる……ドレッシングにウォッシュチーズが使われているらしいが、穏やかな香りだ。

そうかそうか、チーズだったか……と思いながらぱりぱりに揚げられたごぼうを味わう。滋味豊かな大地の味だ。そういえばスープ……機内ではゴボウスープが出るはずだと思い至り、明は機内サービスのワゴンがどこにあるのか確認した。あと座席三列分。

待ちきれず、もう一口サラダを食べる。ゴボウに続いて食べたのは……あら、根セロリだと気付く。爽《さわ》やかな香りが広がったのだ。セロリの香りだが、きつくはなく優しい。生でもサラダにして美味《おい》しい野菜だが、これは揚げてあって、ほくほくしている。

そこでようやく待ちかねていたワゴンを押して客室乗務員がやってきたので、迷わずスープを頼んだ。

さあいよいよだと明は浮き立つ心を抑えきれないまま手羽先を見つめ——ちょっと迷ったが、手で齧《かじ》りつく。手は後で拭《ふ》けば良い。

つやつやの皮から肉汁が溢《あふ》れる。肉も勿論《もちろん》美味《うま》いのだが、その皮にたっぷりと繰り返し塗られたテリヤキソースに、驚いた。

テリヤキソースは濃すぎず肉の味を引き立て、何より明の好きなフルーティな味つけだ。日本の照り焼きとも違う、パイナップル系の爽やかな甘さがある。

忙しい明は祐輔と暮らしていた頃からよくスーパーマーケットのデリを活用したのだが、幾つもの味付けで並ぶチキンの中でも、特に好んでこの味付けを選んでいた。

いつもそれだね、という祐輔の呆れたような声が頭の中で蘇《よみがえ》る。

(だって美味しいんだもの)

明は頭の中でだけ反論した。

ハンバーグはどうかなとこちらも一口食べるが、これはまた同じテリヤキでも少し味付けが違うようだ。ややスパイシーで、肉に負けない強さを感じる。明が好きな牛肉100パーセント、繋《つな》ぎは少なめのハンバーグだ。この硬めの食感が、肉を食べている感じがして好きなのだ。

そういえば、彼女があまりにテリヤキ味ばかり頼むものだから、そのうち店でテリヤキ味のものを見つけると、祐輔はあるよと教えてくれるようになったものだった。

（結構優しいところもあるのよね）

あの時そう言ったら、顔をちょっと赤くして、それ以来教えてくれなくなった。自覚していることだが、明は一言多いのだ。

ナポリタンを食べたら、余計に懐かしい気持ちになった。

ナポリタンは、明もよく作った。特に、ユウが小さい頃。弁当にも入れていた。そう、こんなふうに、食べやすいようショートパスタで。

ケチャップとバターの甘みとコクに、幸せな気持ちになる。

小さくてぷくぷくと肉のついた手足と、無邪気な笑顔を思い出す。

涙がじわりと滲《にじ》んできて、いや、そんな簡単に泣くものかと堪《こら》えた。

それでも零《こぼ》れそうになった涙をできるだけさりげなく拭《ぬぐ》って、熱いスープに口をつけた。まるでセットのように、それは今日の弁当によく合った。

明と祐輔は昔から些細《ささい》なことで言い争いや喧嘩《けんか》を繰り返していた。大抵それらは本当にくだらないことが原因で、どうでもよくなって互いに矛を収めるのだが、離れて暮らすとそうもいかない。喧嘩をして、それぞれの家に帰って、そのまま不満が積み重なる。一緒に暮らしていた頃のように、日常生活がささくれだった気持ちを融かして押し流すようなことはない。

だが、今は違う。

食べているだけで、おかしな思い出が蘇ってきて、喧嘩の余韻を吹き飛ばしてしまう。

「魔法のお弁当ね」

日本の雑誌にユウが働く店が載っていると聞いたものの、電子書籍もないため入手が難しく、知人を介してなんとか入手したのが一年ほど前のことだ。

勿論『魔法のお弁当』という名前だってちゃんと覚えているのだが、なんだが気恥ずかしくて祐輔には茶化した言い方をしてしまった。

だが、確かにこれは魔法だなと思う。願いを叶《かな》える魔法の弁当だ。

明が望んでいた通りに、ユウとの仲を取り持ってくれた——くだらない親子喧嘩を終わらせた、あの時の千春の笑顔のように。

明は、今度は海老フライにフォークを刺した。フォークはざくっと音を立て、海老のプリッとした食感が、フォーク越しにも伝わってきた。

飛行機は、遙か一万メートルの高みを進み、安定した速度でひらりと海を越えた。

あ、とユウが小さく声を上げた。亜紀子たちを見送って、数時間が経過している。

今日は夜の営業があるため、夕方のその時間は大忙しだった。

だが、ユウが珍しくそんな時間に手を止めて、スマートフォンに視線を落としている。

廊下の真ん中で、そばには裏口から運んでいる途中らしい野菜入りの段ボール箱が置かれている。

千春の進路を邪魔していることに気付いて、彼はすぐに謝って横に避《よ》けた。

「あ、いいですよ。エプロン濡《ぬ》らしちゃったから、休憩室で着替えようと思っただけなので……どうかしたんですか？」

「母からだよ。お弁当、美味しかったって。千春さんにも伝えて欲しいって」

「そうですか！　よかったですね～！」

「うん。ありがとう、千春さん」

「いやいや、私なんて……」

休憩室に入った千春は、戸棚から新しいエプロンを取り出した。濡れたものは洗濯に出そうと外したところで、ユウに後ろから声をかけられた。

「あの、千春さん……」

「はい？」

「これは、前言撤回なんだけど……」

「ええ？　なんですか？」

ユウが少し言いにくそうにしているので、千春は訝《いぶか》しく思って聞き返した。新しいエプロンに着け替える。

「いや……その、前も言おうとしたんだけど」

「！」

そういえば、何か話しかけられたものの、結局別の話題になった……ということがあった気がする。今朝だ。

「ああ、今朝の……？」

「うん、あの、実は……その、やっぱり、敬語じゃない話し方……にできないかな、と……」

ユウの真剣な様子を見て、千春はひどく緊張していたが、そう言われて顔を顰《しか》め、えっ、と少し険のある声を上げてしまった。

「そんな話だったんですか？　私、何を言われるのかと思って……婚約解消とか色々この一瞬で考えちゃったじゃないですか」

「ごめん……」

元々自分たちは店員と客として知り合ったため、長い間ですます調で話していた。関係がより個人的なものとなっても、それまでの倣いで敬語で話していたのだが、結婚が決まって、一念発起したユゥがそれを止めたのだ……いや、今でもたまに元の口調に戻るのだが、少なくとも、止めようと心がけた。

だが、あの時、確か千春は自分も口調を変えた方が良いのかとユゥに確認し——ユゥは、自分に合わせる必要はない、と言った。

だから、千春は特に気にせず、今までの口調で接してきたのだが——。

「……そんなに言いだしにくかったんですか？」

千春が呆《あき》れ気味に尋ねると、ユゥは気まずそうに答えた。

「千春さんが僕に合わせることはない、とか言ってたでしょう、僕……だから、その後で、やっぱり敬語とかじゃない方が良いような気がすると思ったんだけど、言い出しにくくて」

「……その、敬語のどの辺りが嫌なんですか？」

ユゥは、少し困った様子で考えてから答えてくれた。

「あの……敬語だと、二人でいてもなんとなく店っぽくなるような気がしたんだ」

「……なるほど……」

言われてみると、店で客と店員として出会ったからこその敬語だ。

恋人同士となって、婚約しても、千春はなんとなくですます調の方が話しやすくて続けていたが、確かにユゥからすると店を意識してしまうのかもしれない。

「わかりました。えっと……少しずつ、でもいいですか？」

「……いいよ、勿論《もちろん》」

そう言いながらも、ユウは不安そうだ。千春は、自分がまだですます調で話していることに気付いて、口元に手を当てた。

「おっと……難しいですね、難しい……」

「無理させてごめんね……」

「いいんですよ、これくらい。でも時間かかるかも……」

「うん。いいよ」

ユウが微笑む。穏やかに。その柔和な表情を見て、千春も柔らかな気持ちになる。

「お店、今日も頑張ろうね、ユウさん」

千春がそう言うと同時に、休憩室の鳩時計が、巣箱からひょいと顔を覗《のぞ》かせた。

「あっ、もうこんな時間……！」

「大丈夫、間に合うよ」

ユウが野菜の入った段ボール箱を抱えて厨房《ちゅうぼう》に入る。千春は休憩室を出て、濡らしたエプロンを洗濯機に放り込んでから、同じように厨房に飛び込んだ。

厨房は、もう出汁《だし》の匂いやカレーの匂いでいっぱいだ。

太陽はすでに沈み、通りでは街灯が輝き、ビルの照明も灯《とも》り始める時間だ。

宵闇の寒さの中で、明るく暖かなくま弁は避難所か救助船のようだった。

豊水《ほうすい》すすきの駅から徒歩五分。
くま弁の本日の営業時間まで、あと一時間。

•第二話• 二匹と二人の猫まんま弁当

短い脚で姿勢良く座り、頭をことりと傾げて、千春を見上げてくる。

丸い顔に似合いのまん丸い金色の目はパンケーキのようだ。耳はちょっと垂れていて、野良《のら》の割に太い胴体から短い四肢が伸びている。灰色の短毛種の猫だ。

欲求に負けた千春が手を差し出すと、猫は潰《つぶ》れたような鼻先を近づけ、匂いを嗅《か》いできた。濡《ぬ》れたような鼻先がくすぐったい。

「千春さん」

「ひゃっ！」

ユウに呼びかけられただけなのに、隠れて『いけないこと』をしているという罪悪感から、千春の口からは少しだけ大きな声が出てしまった。

猫の方が千春よりよほど堂々としており、ちょっと後ずさっただけで、また甘えたような角度に頭を傾け、にゃあ、と一声鳴いた。

開店前の時間帯、いつものように千春が店の前を掃除していると、この猫が寄ってきたのだ。もう二週間ほど、毎日のように猫は姿を現している。最初は遠目に見ているだけだったが、すぐに千春やユウの手をすり抜けて店に入ろうとするようになったし、最近ではこうして甘えた声を上げておねだりしてくる。

ユウは三分の一ほど上げたシャッターの下から出てきたところだった。何か千春に相談でもあったのか、片手にスマートフォンを持っている。

「……餌、あげてません……」

千春は思わず、丁寧語でそう言った。ユウは、むしろ申し訳なさそうな顔をした。

「千春さんが餌あげてるとは思ってないよ。でも、食べ物を扱う店に野良猫を入れるわけにはいかないから、あんまり構うのは……」

それはそうだ。看板猫がいる店もあるだろうが、ここはずっとそうではなかったし、動物の毛にアレルギーがある客もいるかもしれないし、何より野良猫を店の中に入れるのは衛生的に問題がある。店に入れる入れないに拘《かか》わらず糞尿《ふんにょう》の問題がある。そもそもここに近づかせない方がいいのだ、勿論──だが、猫は何故か懲りずに毎日のようにやってくる。大体は開店前、こうして開店準備で忙しくしている頃だ。

その時、ちょうど熊野が帰ってきた。近所に住む常連客と将棋を指してきた帰りだ。札幌の六月の日は長く、冬ならすっかり暗くなっている時間になっても、空は明るく、夕暮れの気配さえまだ遠い。

熊野は厳《いか》めしい顔で、二人と一匹の様子を見た。

「なんだ、まぁたそいつ来ちまったのかい。まったく、しょうがねえな」

忌々《いまいま》しげにそう言って、しっしっ、と猫をくま弁と隣の古着屋の隙間へ追いやる。猫はさほど急ぐでもなく重そうな身体を雨樋《あまどい》に擦《こす》りつけるようにして去って行った。

残念な思いが半分、ほっとしたような気持ちが半分。その尻尾《しっぽ》を見送った千春は、熊野に向き直った。

「お帰りなさい。冷やし中華の用意がありますよ。麺《めん》を茹《ゆ》でたら食べられます」

「お、いいね。後は自分でやるよ。ありがとう」

そう言って、熊野は手を振り、店の脇にある住居用の玄関から中に入っていった。千春はドアが閉まってから、ユウを見やって尋ねた。

「熊野さん、猫お嫌いなのかな……？」

「そう思う？　まあ、確かに、好きというわけではなさそうだけど」

「あ、そういえば、何か私に用があったんじゃない？」

千春はそう言って、ユウが持ったままのスマートフォンを指差した。彼がこの忙しい開店準備中にスマートフォンを持っているというのは、それなりの理由があるのだろうと思ったのだ。

「そうだった。一昨日《おととい》二つ目に内見した物件、もう契約した人が出たって……」

「あっ」

一昨日二つ目というと、駅徒歩十五分程度の、２ＬＤＫのマンションだ。やや店から遠いために一旦《いったん》見送ったのだが、考え直して、やはりここに決めようかと賄いを食べながら話していたところだった。

ユウは、仕事の合間にその問い合わせをしておいてくれたのだろう。

だが、残念な結果となってしまった。

「そうか……仕方ないね。また探そう」

千春とユウは結婚を控えて、一緒に暮らせる部屋を探しているところだ。

ユウはくま弁二階の一室を借りており、千春は店から徒歩圏内のマンションの一部屋で暮らしている。いっそのこと千春の部屋にユウも一緒に住むのはどうだろうとも考えたのだが、千春の部屋はキッチンの火力がしょぼいのだ。ユウは休みの日でも料理をしたり、試作品を作ったりするので、そこは譲れないところだった。

物件探しを始めてもう随分経つ。普通に一緒に暮らしたいという思いは日々の別れのたびに募る。

だが、こればかりは巡り合わせだ。もう少し粘ろう、と千春は気持ちを入れ替えた。

「あ、和室に什器《じゅうき》置いてるから補充しておいてくれる？」

「はーい」

千春はユウの指示に従って、ぱたぱたとサンダル履きで店内に戻る。

厨房《ちゅうぼう》の奥から休憩所として使っている和室に入り、サンダルを脱いで畳に上がった。

だが、和室には什器らしきものは見当たらない。さては裏口に運び入れてそのままになっているなと考えた千春は、襖《ふすま》を開けて廊下に出た。そこから裏口の方を見やると、想像通り、開け放たれた裏口の手前に段ボール箱が積んであった。

あった、あれの中に什器があるに違いない……と思った千春は、その直後、開け放たれた裏口の方に気を引かれた。

裏口を出てすぐのところに熊野がしゃがみ込んで、何か喋《しゃべ》っていた。

なんだろう、と不思議に思って近づくと、廊下の板がぎしりと鳴った。熊野がハッとした様子で振り返る。

熊野の身体の陰になっていた猫の姿が、千春の目にも飛び込んできた。

それは先程のあのむくむくと太った灰色の猫で、目を細めて皿を舐《な》めていた。皿には、まだ少し何かがこびりついていた。あれはツナ……いや、猫缶の中身だろうか……。

「………」

千春は黙って熊野を見やった。熊野は一瞬目を逸《そ》らしかけたが、観念したように千春の視線を受け止めた。

(毎日来るわけだわ……)

何のことはない、これまでも熊野が餌をやっていたのだ。

猫は我関せず、満足そうな顔をして、皿を綺麗《きれい》に舐め尽くしていた。

熊野は、この二週間ほど、毎日のように猫に餌を与えていたことを認めた。

「いや……裏口だったらいいかなと思ってよ……」

さすがに少々ばつが悪そうな顔で、熊野は冷たい麦茶を啜《すす》った。

すでに夜は更け、予約の客もすべて来て、弁当もあらかた売り切れた。

ユウは、ちゃぶ台を挟んで座る熊野を見ている。その端整な顔にはなんの表情も浮かんでいないように見える。

千春はユウと熊野の間に座り、同じくお茶に口をつけ、小首を傾げた。

「でも、来るのは毎回正面ですよね」

「裏に来ても気付かれないことが多いんじゃねえか？」

店の入り口は自動ドアだ。そこに居座られると店内にいる人間はすぐに気付く。店の前で存在をアピールし、熊野に裏へ誘導されて、そこで餌をもらっていた……ということだろうか。

熊野の話によると、最初は魚や肉などあるものを少量与えていたそうだが、今週からは買っておいた猫の餌を玄関の靴箱の奥にしまって、それを欲しがるまま与えていたそうだ。

「丸々してると思ったら……」

ユウがぼそりと呟《つぶや》いた。表情らしい表情はないが、どうも少なからず怒っているらしい。熊野は何か言いかけたが、ユウと目が合ったところで口を噤《つぐ》み、結局頭を下げた。

「悪かった。この通りだ」

「熊野さんもわかっていると思いますが、猫の糞尿の始末は千春さんや僕がしていたんですよ。それに、ご近所にも飲食店があるのに猫が居着くようになったら悪いでしょう。だいたい、野良猫に無責任に餌をやって、子猫が生まれて増えてしまったら大変ですよ」

「だから悪かったって」

熊野はそう繰り返したが、分が悪いと思っているらしく、最後の方は消え入りそうな大きさの声だった。

「もう餌はもらえないってわかってくれるんでしょうか」

千春がそう言うと、ユウも熊野も難しそうな顔をした。

「わかってもらうしかないでしょう。しばらくは来るかもしれませんが……」

「そりゃ可哀想じゃねえか」

ユウと熊野は互いの発言に驚いた顔で、顔を見合わせた。

「熊野さん、まだ餌やるつもりなんですか？」

「飼い主を探せばいいんだろう。ほら、店に貼り紙でもしてよ」

熊野の発言に、ユウは眉根《まゆね》を寄せた。

「そうはいっても、そんなのすぐには見つかりませんよ。ここには置いておけませんし……」

「あ！　それじゃあ、その間くらいは私の部屋で飼います。うち、ペットＯＫなんです」

千春の提案に、熊野が笑顔になった。

「おお、そりゃいいな！」

「千春さんが？　でも、引っ越しを控えているんですよ」

「控えてるって言ったって、まだ決まってもいないだろう」

熊野に指摘されて、ユウは渋面になった。

「そうですが、物件が見つかり次第引っ越して一緒に暮らすんですよ。引っ越し先で猫が飼えるかわかりませんし……」

「なら、動物が飼える物件を……」

熊野の意見を、ユウがぴしゃりと退けた。

「ダメです。ただでさえ見つからないのに、これ以上条件を厳しくしたくありません」

「と……とにかく、一時的には、うちで預かりますから。引っ越し先が決まる前に、引取先が見つかるかもしれませんよ」

ユウは、間に割って入った千春を、愕然《がくぜん》とした目で見つめた。まるで裏切り者を見るような、驚き、傷ついた目だった。

「ぶ……物件探しの条件は変えないので……」

ユウの表情に気圧《けお》されて、千春はそう言った。ユウはそれを聞いて、渋々ながらも頷《うなず》いた。

千春はほっとして、それから、猫のいる生活というものに思いを馳《は》せた——そうは言っても猫を飼ったことなどなかったので、想像はあまり具体的な形にはならなかった。

いや、一時的、一時的なものだ。それなら、たぶん、大丈夫だろう。特に根拠もなくそう思い、とりあえず、明日《あした》までに猫の飼育について調べることを決めた。

あんなに人なつこそうだった割に、猫はなかなか捕まらなかった。

案外素早く逃げるし、そばの道路には車も走っているしで危なっかしく、散々苦労した末、千春は知人にも協力を仰いで、やっと三日後に猫を捕まえた。

猫はその翌日にはカイと名付けられた。その毛並みにちなんで、灰の音読みから付けた名だ。近所の病院に連れて行き、健康診断を受けノミ取りの薬と目薬を処方してもらったが、費用は熊野が出してくれた。

それからさらに三週間が経っても、まだ猫――カイは、千春の部屋にいて、引っ越し用段ボール箱の上に乗ってあくびをしていた。


「部屋、いいとこ見つかってよかったなあ」

熊野は感心した様子で言った。

開店前に賄いを食べている時だ。今日の賄いは熊野が作ったよく冷えた呉汁《ごじる》と、千春が作った夏野菜の肉味噌《みそ》炒《いた》めだ。最近、千春は料理の勉強も兼ねて賄いを作るようにしている。今日の肉味噌は意図したよりもちょっと甘めだったが、それがなかなか美味《おい》しかった。

「そうなんですよ！　店まで歩いてこられるし、キッチンは広くてコンロも良いやつだし。元々分譲マンションだから設備が良いんです」

「…………猫も飼えますしね」

呉汁を啜《すす》っていたユウが、呟くようにそう言った。

千春は気まずくなって同じく呉汁を啜った。大豆をすり潰《つぶ》した呉汁は、根菜やネギの他に油揚げと豆腐も入っている。油揚げも豆腐も大豆由来なのだが、それぞれまったく違う食べ物に感じられて面白いな……と考えていた。現実逃避に。

熊野が漂う雰囲気をどうにかしようと咳払《せきばら》いをした。

「でもよ……ほら、別に動物可の物件を探したってわけじゃねえんだろ？」

「え、ええ、たまたま……見つかった物件が、動物可だっただけで……」

ユウは、黙々と夏野菜肉味噌炒めを食べている。普段なら、千春の作った賄いについて、何かしら感想や助言をするのだが、今日は黙っている。

物件が見つかったのは、二週間前、猫のカイを拾ってから一週間経った頃だ。たまたまインターネットで不動産会社のサイトを見ていた千春は、一件、更新された物件を見つけたのだ。

少々築年数は経っているものの、それはまさに求めていたような条件の物件で、二人で内見後すぐさま契約した。

だが、それ以来、ユウはこの話題になるたび、なんとも釈然としないような、不機嫌そうな顔をする。

今は引っ越し準備で休日も大忙しだから、ゆっくり話す時間も取れないが、ユウがこの事態に少なからず不満があるのは、千春にもわかった。

とはいえ、未《いま》だ飼い主の見つからないカイと一緒に暮らすことに不満があるのかというと、そうではないと言う。猫が苦手なわけでもない。

千春が気まずそうにしていると、ユウが小さく溜息《ためいき》を吐いた。

「なし崩し的にカイを飼う流れになってる気がする」

「そんなことないよ。カイは一時的に預かってるだけで、ちゃんと飼い主さんを見つけるよ」

「本当に？」

「う……うん……」

「でも、どんどん情は移っていくでしょう」

「それは……まあ……可愛いし……」

ユウは批判的な目で千春を見つめた。

熊野が助け船を出してくれた。

「ユウ君は、カイを飼うのの何がダメなんだい？」

「生き物を飼う責任を、僕たちは果たせません。もっと大事にしてあげられるおうちがいいと思います」

「理想はそうかもしれねえけどよ……ユウ君たちだって大事にするだろう」

「ろくに家にいないのに？　死んだ時絶対に後悔しますよ、もっと遊んであげればよかったとか、もっと良い飼い主を見つけてやればよかったとか」

ユウはぶっきらぼうな口調でそう言った。

端整な顔に浮かぶ表情はどこか悲しげだ。

千春のこと、カイのこと、ユウは両方考えて、心配している。

「ユウさん。大丈夫だよ、ちゃんと飼い主さん探そう」

千春にそう言われ、ユウは自分の発言を恥じるように目を伏せて、呟《つぶや》いた。

「ごめん、食事冷めちゃったね。折角《せっかく》千春さんが作ってくれたのに。美味しいよ、紫蘇《しそ》とか、香味野菜が入ってもいいかも」

「そうだね、ありがとう」

熊野は安堵《あんど》半分、呆《あき》れ半分といった顔でユウと千春を眺め、それから首を振り振り、油で艶々《つやつや》のナスと肉味噌を頬張った。

ポスターの貼り方を工夫したり、知人に声をかけたりしたものの、なかなか猫のもらい手は見つからなかった。

写真を見た常連たちは可愛いねえと言ってくれるが、すでに犬を飼っているからとか、生き物を飼ったことがないからとか、アレルギーがあるからとか色々な理由で断られてしまった。

「飼ってもあと何年面倒見られるかわからないからねえ」

と高齢の客から陽気に言われた時は、千春もなんとも言葉が出なかった。

生き物を飼うというのは、大変なことだと思う。

もし自分が入院したら？　家族は理解してくれるのか？　住んでいる物件は大丈夫か？　今後猫が病や老いで弱った時、きちんと面倒を見られるのか？

考えると悩みは色々出てくる。引っ越しや転職、結婚して自分のライフステージが変化していっても猫はそばにいる。それは喜びであり、時にはたぶん制約ともなる。

可愛いだけで飼うものではないというのはわかっていたが、こうして色々な断り文句を聞いていると、改めて生き物を飼うという責任の重さを感じるのだ。

実際、ユウが言った通り、千春もユウも深夜にマンションに帰る生活だ。

夜は帰って寝るだけ、朝は少しゆっくりできるが、それでも朝食を食べて少々の家事を片付けたら仕事だ。

その慌ただしい朝のひととき、カイは窓辺のラグの上に横たわり、だらんと四肢を放り出すように伸ばしている。洗ったカイは丸っこくもこもことして、こうして伸びていても脚の短さは変わらない。腹を除いた全身は汚れきった雪のような色で、腹だけは僅《わず》かに他より白っぽい。

人なつこい猫だとは思っていたが、カイは千春の一人暮らしの家に来た時も、このユウとの新居に越した時も、数日かけて探検を繰り返した後は、すんなり落ち着いてくれた。びくびくとした様子もないし、随分肝の太い猫だな……と思う。今も、完全にリラックスしているように見える。結構気軽に撫《な》でさせてはくれるものの、まだ抱っこをさせてはくれない。そのうち機会もあるだろうか。

キャットタワーなんかがあると良いんだろうなあと思いながら千春はカイの様子を眺めていた。

今日の最初の食事はユウ担当で、トーストとベーコンエッグに野菜スープだった。スープはほんのり生姜《しょうが》が効いて、スープカップの底に沈む蕪《かぶ》はとろとろと口の中で溶けていくようだ。

ユウがトーストにバターを塗りながら言った。

「避妊手術をしておいた方がいいんじゃないかな」

「えっ」

一瞬、何を言われたかわからなかった。頭で漢字に変換して、ようやく悟る。猫の避妊手術の話だ。ちなみにカイはメスだ。

「早いうちにすれば病気の予防にもなるそうだし、引き取る人も、手術の出費を心配しなくて済むから」

「そっか……」

保護猫活動をしている知人に教えてもらい、警察と保健所に連絡してみたが、迷い猫の中に特徴と一致する猫は見つかっていない。

ユウによると、同じ知人が気にかけて、病院を紹介してくれたという。

費用はかかるが、良心的な価格だ。

「じゃあ、予約しようか」

　このまま預かっていると、ずるずると時間ばかり経ってしまう。メスの避妊手術は一歳前の方が良いと言うし、今何歳なのか正確にはわからないが、早めにつれていくに越したことはないだろう。

　千春が同意すると、ユウは微笑んだ。最近あまり見なくなっていた、穏やかな、彼の優しさが滲《にじ》むような笑みだった。千春は思わず食卓の上に置かれた彼の手を取った。

「ありがとう」

「なかなか引き取り手が見つからないからしょうがないよ」

「なかなか難しいものだね……次に行く動物病院にも、貼り紙させてもらえないか頼んでみる？」

　うん、とユウは頷《うなず》いた。彼は先程までカイが寝転がっていたラグを見やったが、そちらにはもう灰色の猫はいなかった。千春の足元にすり寄って、そのまま隣の寝室に抜けていく。ユウはその尻尾《しっぽ》を見送った。太陽の角度に伴って、カイは寝床を変えている。これからの時間は、リビングの窓辺よりベッドの上の方が心地よいのだろう。

　ユウは千春ほどにはカイとスキンシップをしていない。動物が苦手な印象はないが、自分の家に猫がいるという状況にまだ慣れていないのだろう。互いに距離を測り合っている雰囲気だ。

　このまま——と千春は考えることが増えてきた。

このまま、引き取り手が見つからなかったら、自分たちで飼うことになるのだろうかと。ユウに悪いなとは思うものの、そうなったらなったで、千春はほっとする気がした。飼うのか、飼わないのか、わからないまま宙ぶらりんな気持ちで接するよりも、ユウにとってもカイにとっても良いように思える。確かに自分たちは最良の飼い主ではないが、他に選択肢がないのなら、精一杯世話をするしかない。

だがそこまで考えて、いやいやいや……と思い直すのだ。確かにユウの言う通り、もっと遊んでもらえる環境の方が寂しくないし、探す努力を続けていけば、そのうち誰か引き取り手が見つかるかもしれない。カイが千春の家に来て一ヶ月と少し。まだまだ探し方が足りないのだ。

ユウは食事を再開している。千春も自分の皿に残るベーコンエッグに取りかかった。自らの脂でカリッと焼けたベーコンと半熟の黄身の組み合わせは朝の気分を盛り立ててくれる。中はふっくら、外はかりっとトーストしたパンも、くたくたに煮たキャベツと蕪とにんじんのスープも、穏やかで美味《おい》しい。

ふと視線を感じて目を上げると、ユウがじっと千春を見ている。その口元がほころんだ。

「美味しい？」

千春はこくこくと頷いた。まだ口の中に、バターをたっぷり塗ったトーストを詰め込んでいたところだったので。

院長はカイをよくよく観察して、ユウと千春からカイを拾った経緯を聞くと、「もしかしたら、私の知ってる猫ちゃんかもしれません」とやや控え目に切り出した。

紹介された病院は車で二十分くらいの少し郊外にあった。明るい雰囲気の広々とした待合室がある病院で、院長の月城《つきしろ》は四十代くらいの男性だった。

診察をしてもらい手術の日程を決めるために診察室に入ると、カイはすぐに毛布の中から顔を出し、甘えたような声を上げた。まだキャリーケースの用意がなかったので、手頃な大きさのバスケットに洗濯ネットでくるんで毛布とともに入れてきていた。慣れていない猫には洗濯ネットが良いというのはインターネットで調べた。

毛布からちょこんと頭を覗《のぞ》かせたカイを見て、月城院長はおやっという顔をしたが、すぐに愛想良く猫に接し、千春とユウ相手にも同じ程度の愛想で対応してくれた。ただ、少し難しそうな顔はしていた。

そして、彼は念のためにと過去のカルテを確認しながらカイをもう一度診察し、もしかしたら、と切り出したのだった。

カイはこの動物病院に来たことがあったらしい——当時の飼い主とともに。

「捨てるような人ではありませんし、もし私の知っている猫ちゃんだとしたら、逃げ出したのかもしれませんね。届けが出ていなかった理由はわかりませんが、何かの手違いということもあるでしょうし……」

月城の言いたいことはわかった。元の飼い主に連絡を取って、確認してもらった方が良いのでは、ということだ。

千春は話を聞きながら、ユウの視線を感じた。目を合わせると、彼はやはり、千春の想像通りの、気遣うような顔をしていた。千春は微笑んだ。これ以上良い話はないのだ、という気持ちで、精一杯微笑んだ。

「それは何よりです！　引き取り手をずっと探していたんですが、なかなか見つからなくて……元の飼い主さんがいらっしゃるなら、是非連絡していただけませんか？」

明るい笑顔でそう言うと、医師もほっとした顔をした。

その後は、もうトントン拍子に話が進んだ。

月城が連絡を取ると、その翌日には元の飼い主らしき人たちと会うことが決まった。

朝の八時半、開業前の動物病院にカイを連れていくと、すでに月城は来ていて、千春たちを待合室に入れてくれた。その待合室に待っていたのは、三十代くらいの男女だった。二人とも出勤前らしく、男性は青いスーツ姿、女性の方はパンツと半袖《はんそで》ブラウスという格好で、ぽってりとしたブラウンのリップが印象的だった。

彼らは千春たちの姿を見ると二人同時にベンチから立ち上がり、駆け寄ってきた。

女性の方は、緊張した面持ちで、このたびは……と頭を下げ、男性の方は同じく頭を下げながらも、いても立ってもいられない様子でバスケットの中を気にしている。千春はすぐにバスケットからカイを出した。毛を巻き込まないよう気を付けて洗濯ネットから取り出すと、カイは頭を振って自分を覗き込む男女を見上げた。

「エリー！」

ぱあっと男性の顔に笑みが広がった。千春からカイを手渡された男性は、震えていた。震えながら、彼はカイを見つめ、カイは男性の腕の中ですぐに安定した姿勢で抱かれた。大きな丸い目で男性を見上げ、喉《のど》を鳴らし、甘えるように少し脚をばたつかせて。

カイの興奮した様子が伝わってきた。この子はカイではなくてエリーなのだ、飼い主はこの人なんだと千春は痛感させられ、良かったなあと心から思うと同時に、目にじわじわと涙が滲《にじ》んできてしまった。

その涙を零《こぼ》すまいと、千春は努めて明るく言った。

「良かったねえ、カ……エリーちゃん。飼い主さん見つかったねえ」

男性は鼻水を啜《すす》り、真っ赤な目で千春に頭を下げた。

「ありがとうございます。確かにエリーです。今まで保護してくださって、本当にありがとうございます」

「いえいえ、良かったです。うちじゃあなかなか留守の時間が長くて、寂しい思いをさせてしまったんじゃないかと思います。あのう、エリーちゃんがうちにいた時に食べていたごはんとかおやつなんですけど、もしよかったらまだあるのでもらっていただけませんか？」

購入したものは買い取らせて欲しいと言われたが、千春は半ば無理矢理エリーへのプレゼントとして猫用の餌とおやつと玩具《おもちゃ》を渡した。

月城は、千春たちの様子を見て、診療時間まで待合室を使っていいと言って、自分は診察室に入って行った。エリーと最後に遊ぶ時間を作ってくれたのだ、と理解して、千春はエリーの身体をそっと撫《な》でたが、エリーの方はあまり気にしていないように見えた。飼い主に興奮しているらしい。

「エリーちゃんって言うんだねえ。可愛いお名前だねえ」

「エリザベスの短縮形でエリーなんです」

親猫はヴィクトリアの短縮形からヴィッキーと呼んでいる、と彼は語った。

彼は名乗り忘れていたことを思い出した様子で、保志《ほし》みつると名乗った。女性は彼の妻で、波子《なみこ》という。ユウと千春も名乗り——そこでみつるは初めてまじまじとユウの顔を見つめ、もう一度大上祐輔という名前を確認し、あっと声を上げた。

「もしかして、ユウ君？」

ユウは店と同じようににっこりと微笑んで頷いた。

「ええ。ご無沙汰《ぶさた》しております、保志様」

エリーは我関せずと、みつるの手に絡みつくようにして遊んでいた。

保志みつるは飼っている猫に少し似た雰囲気があった。固太りして、手足は丸太に似て、顔は丸っこく、長めの前髪でやや隠れているものの、ぱっちりとした大きな目も丸っこい。

そして、彼は数年前までくま弁の常連だった。

みつるはエリーがいなくなった時の状況を、ぼそぼそとした喋《しゃべ》り方で説明してくれた。

彼によると、ある日、みつるは母猫のヴィッキーを動物病院に連れて行き、エリーには留守番をさせていた。すると、戻ってくるとエリーがいなくなっていたという。

「最初は家にいるのかと思って捜したんですけど、どこにもいなく……エリーの玩具とかも幾つかなくなっていたので、それで……その……」

みつるは急に歯切れ悪くなった。後を継いだのは、エリーの背中を撫《な》でていた妻の波子だった。

「私が連れ去ったと思ったみたいなんです」

「？」

千春はわけがわからず、ただ何も言えず二人を見た。みつるは気まずそうに顔をしかめているが、波子は特に何の動揺も見せていない。

その時千春はあることに気付いた。

エリーを撫でる波子の手には、指輪がない。

だが、みつるの左手の薬指には、結婚指輪らしきものがはまっている。

波子は、千春が想像した通りの答えを呟《つぶや》いた。

「別居してるんです、今。それで、自分の留守中に私が連れていったと思った彼は、警察にも届け出なかったんです」

ははあ――と思わず声が出そうになったが、失礼になりそうなので飲み込んだ。

おそらく、すでに別居中だった波子は、みつるが母猫のヴィッキーと動物病院に行っている間に、荷物を取りに行ったのだ。その前後に、何かの拍子にエリーまでもが家を出てしまったが、みつるは波子が連れていったと勘違いしたのだ。

「それは、まさかエリーの玩具だけ持って行ってたとか思わなくて……」

「せめてもの思い出に持って行っただけよ。私が買ったやつだったし……でも、気に入らなかったみたいで、全然遊ばなかったから……」

「僕だって何度も連絡したんだから、もっと早く電話に出てくれればよかったんだよ」

「あなたとはしばらく話もしたくなかったのよ！　そもそも、エリーがいなくなったんだから、もっと心配したらどうなの？　私だとは限らないんだから！　ちゃんと捜せばもっと早く見つかったはずでしょう！」

波子は柳のようにほっそりとして見えたが、元から細いのか、今回のことで心配して窶《やつ》れてしまったのかはわからなかった。とにかく今はわなわなと震えるその全身から押し殺しきれない苛立《いらだ》ちが伝わってきた。

「どうしてそんなに無責任でいられるの！」

「ご……ごめん」

「あなたってほんっとそうよね！　猫用の窓のガードは壊れたままだったし、修理してって出て行く時に何度も言ってたのに……」

「ま……まあまあ……その辺で……」

萎縮《いしゅく》するみつると感情を爆発させる波子を目の当たりにして、千春はさすがに間に割って入った。

波子は口元を一度強張《こわば》らせた後、急に黙り込んで、千春とユウに頭を下げた。

「すみません、今後は責任を持って飼いますので、私に引き取らせてください」

「波子さん？　僕は……」

「私が引き取ります。彼には任せておけません！」

千春は呆然《ぼうぜん》と二人を見て、それから、これまでの会話を思い返した。彼らは夫婦だが別居しており――波子は自分が引き取ると言い、みつるは脱走前にエリーを飼っていた飼い主だと言う。

「その……」

千春は返答に詰まって、ちらりとユウを見やった。ユウも困惑した顔をしていた。

つまり、どちらに猫を返せばいいのだ？

その時診察室のドアが開いて、月城院長が出てきた。月城は場違いに感じるほどににこにこしていた。

「しかしよかったですねえ、エリーちゃんも飼い主さんが見つかって！　こんな偶然もあるものだなと……」

話しかけながら、何か雰囲気が違うことに気付いたらしい彼は、立ち止まって言葉を切った。

月城院長が言うには、エリーの母猫であるヴィッキーの飼い主はみつるで、みつると波子が結婚した直後、ヴィッキーは数匹の子猫を産んで、何匹かは里子に出したそうだ。その時の子猫のうち、残った一匹が、エリーだ。

さて、それではカイ――エリーを誰に返したらいいのだろう、という問いに、月城は千春とユウ同様、答えられないようだった。

「母猫の元の飼い主はご主人で、いつも病院につれてきてくださったのもご主人の方ではあるんですが」

一旦《いったん》夫婦を待合室に置いて、月城はユウと千春を診察室に招いて言った。

「どちらにお返しするかは、私たちで決められることじゃないですよね……」

「そうですね、出来ればご本人たちで答えを出せるといいんですが」

答えが出なければどうなるのだろう。千春は待合室に続くドアを見やった。裁判……とかになるのだろうか。今すぐ答えを出せないとしたら、エリーはどこに行ったらいいのだろう。

まだエリーはみつるの膝《ひざ》の上だろうか。

「もうすぐ病院の診療時間ですよね？」

ユウは時計を見上げながらそう確認した。

「我々ももう行かなければならないのですが……最後にもう一度、お二人の話を伺ってみます。もし、どちらとも決めきれないのなら、ひとまずうちで預かることもできます」

ユウからの提案は千春にはかなり意外だった。本当にいつ、みつると波子の話し合いが終わるかもわからないのに。

「それなら、うちの病院もエリーちゃんの面倒は見られますよ。入院患者さん用のゲージが一つ空いてますから――」

月城もそう言いながら、立ち上がった。ドアに手をかけて開けると、待合室では項垂《うなだ》れた波子が一人で座っていた。みつるの姿はない。エリーは波子の顔を覗《のぞ》き込んでいるようだ。

トイレかと思ったが、みつるの荷物もなくなっていた。

自分の希望通り猫とともに残されたはずの波子は、途方に暮れた様子で、千春たちを見上げた。

みつるは今日の出社前に波子の家にエリーの必要なものを置いていくと約束したそうだ。

「だから急がないとって言って、出て行ってしまいました」

波子は少し青ざめていたが、どこか悔しさを滲《にじ》ませて言葉をしぼり出した。

「あの人、いつもそうなんです。私が何か強く言うと、すぐに折れて……こんなことまで折れるとは思っていませんでしたが。ああ、もう、すぐに放り出すところ、本当に変わらない……！」

忌々《いまいま》しげにそう言う。

千春は、思わずユウと顔を見合わせた。

ユウも困った様子だったので、千春が口を開いた。まあ、女性同士の方が話しやすいかもしれないし……。

「あの、もしかして、エリーちゃんを引き取りたいというのは、奥様……波子さんの本当のご希望というわけではなく……？」

「引き取りたいに決まってるじゃないですか！」

波子は憤慨した様子で、千春に言った。

「でも、私が引き取るのがエリーたちにとって最善かどうかなんて、そんなのわかりきった話ですよ。私はどうせ玩具《おもちゃ》を買っても全然気に入ってもらえないし、懐くのも時間かかったし……！」

波子は明らかに怒っているのだが、その目に涙が見えた。震える唇を嚙《か》みしめて、彼女は顔を伏せた。

「エリーとヴィッキーは一緒に暮らした方が良い《い》に決まってるし、私と彼なら、飼い主は彼の方が良いんです。自分でもよくわかってるんです……たとえ、彼が忘れっぽくて、ガードを直さない不注意な人間でも、エリーとヴィッキーは彼にこそ懐いているんですから。私なんて、きっとエリーたちにとってみたら今でも同居人程度の扱いですよ」

そう言いながらも、波子の手はエリーの身体を優しく擦《さす》っていたし、エリーはそれを拒んだりはしていない。

「それなのに……私がこの子を勝手に連れて行ったって勘違いしてたなんて！」

そこで、波子の声はまた大きくなった。それに気付いた波子は、膝の上のエリーに、ごめんね、気にしないでね、と優しく話しかけた。

千春には、波子の気持ちが少しわかった。千春も、短い間だが、一緒に過ごしたカイを返す時に、同じようなことを考えた。きっと元の飼い主のところにいた方が、カイにとって幸せなのだろうと、自分を納得させていた。

いくらかなり強く言ったとはいえ、波子としてはみつるが折れてエリーを残していくとは思わなかったのだろう。

とにかく、その場にいる全員がその日仕事を控えていた。波子は出社しなければならないし、月城は診療時間が迫り、ユウと千春も仕込みがあった。

「あのう、よかったら、相談に乗りますよ」

千春は気付くとそう申し出ていた。波子がはっとした様子で顔を上げる。目はまだ少し潤んでいたが、その顔に浮かんでいるのは純粋な驚きだった。

「あ、でも、波子さんもこれからお仕事でしょうし、私たちも仕事があるので……後で、よかったら連絡ください。お店、二十二時過ぎると結構空《す》いてくるので」

ユウがくま弁のカードを持ってきてくれていた。千春はそこに自分の携帯電話番号と名前を書き込み、波子に渡した。

「ありがとうございます……でも……」

波子は受け取りつつも躊躇《ちゅうちょ》しているように見えた。千春は彼女を安心させようと笑いかけた。

「私も、一緒にいたのは短い間ですけど、エリーちゃんと離れるの寂しいなって思ってたんです。でも、ちゃんとした飼い主さんのところの方が幸せになれると思って……波子さんも、本当はエリーちゃんをみつるさんに引き取ってもらいたいんですよね？　その方が、エリーちゃんが幸せだと思うから……」

「……ええ。悔しいけど、そうです。さっきは……あの、大人げないですけど、彼に腹が立ってしまって……」

「ほら、私たちも、波子さんも、エリーちゃんの幸せが一番なんです。だから、目的は一緒でしょう？　それに、実は旦那《だんな》様、うちのお店の常連さんだったそうで……私が働き出す前なんですけど。これも何かのご縁なので！　ね、ユウさん」

ユウは話を振られてすぐに微笑みを浮かべた。

「そうですね。エリーちゃんの幸せのためでもありますし」

千春とユウから説かれて、波子はエリーの顔や頭を指で優しく撫《な》で、そうですね、とそれまでより穏やかな表情で頷《うなず》いた。

❄

電話が来ると思っていたが、来たのは波子本人だった。

「あ……すみません、会社帰りに近かったもので……」

波子は夏用のジャケットを羽織っていた。七月とはいえ、夜は涼しい。千春はくま弁の制服であるエプロンと帽子と白いシャツを身につけて動き回っているため、半袖《はんそで》でも少しも寒くはなかったが。

「いえいえ、今ちょうど予約分も売れたところで、この後はお客様も少なくなるので大丈夫ですよ。ユウさん、お願いします」

「うん、お疲れ様」

千春は波子を店の奥の休憩室に案内した。波子はちょっと興味深そうに周囲の古い家具を眺め、勧められた座布団に座った。

「それで……旦那様はエリーちゃんのものを持ってきてくれました？」

「はい」

困ったような、呆《あき》れたような顔で波子が頷いた。

「今朝私が家に帰ったら、すぐに彼が車で来て、エリーの荷物を全部置いていきました。その時にも少し話したんですが、やっぱり彼は自分はきっとふさわしくないとか言っていて……いえ、私のせいなんですけど……ああ、もう！　自分が嫌になりますね」

「まあまあ……」

波子は申し訳なさそうな顔をして、すみません、と千春に謝った。

「とにかく、彼にも伝えたんです。最後に残った子猫をヴィッキーから引き離すのは可哀想だって……本当は二匹の子猫を手元に置いていたんですが、一匹は死んでしまって。ですから、ヴィッキーのためにも、エリーは彼の手元に置いた方がいいんじゃないかって……でも」

波子は溜息《ためいき》を吐いた。まるで猫がそこにいるかのように、自分の正座した膝《ひざ》の上を見つめる。

「彼は、じゃあ、ヴィッキーも波子さんの家で見てあげた方がいいのかなって。違う、そうじゃない！　って言ったんですけど……」

「あの……確認ですが、院長先生のお話だと、ヴィッキーちゃんの元々の飼い主は旦那様……なんですよね？」

「そうなんですけど、完全に話がこじれてしまって……」

一度思い込むと頑固な人なのだろうか。千春は自分が彼をほとんど知らないことに気付いた。

「すみません、旦那様のことを私は存じ上げなくて……いつご結婚されたのかとか、伺っても良いですか？」

「ええ、勿論《もちろん》です。結婚して、まだ一年ほどです。知人の紹介で、私も猫が好きでしたからすぐに気が合って、婚約して……」

はあ、とそこで彼女は溜息を吐いた。

「でも、今は別居中。彼がわからないんです。元々よくわからない人でしたけど、猫に優しいし、きっと良い人だろうって思って……好きになって結婚したんですけど、でも、頭の中はわからないままでした。喋《しゃべ》らないんですよね、あの人、自分のこと。自分の気持ち……」

「ああ……」

確かに、今朝も波子の主張をそのまま受け入れていた。

ふと、ユウはみつるを知っている様子だったことを思い出した。彼に尋ねれば、何か手がかりを得られるかもしれない。

「あのう、ここでお待ちいただけますか？　今――」

だが、千春が言いかけた時、突然、どたどた、というような大きな足音が聞こえてきた。板張りの古い廊下を歩く音だが、何か引きずるような音も聞こえるし、蹈鞴《たたら》を踏むような、躓《つまず》くような音も混じっていた。

ところだった。

訝《いぶか》しく思って、千春は襖《ふすま》を開けた。ユウが、一人の男性を抱えて廊下をやってくると
「えっ、どうかされましたか？」

「酔っちゃったみたいで……」

ユウは、肩を貸して、半ば男性を引きずるようにして和室に連れてきた。千春も手伝って彼の頭の下に折った座布団を置き、念のため紙袋とビニール袋を用意した。くま弁は繁華街に近く、酔客は珍しくないし、そういった客が弁当が出来上がるのを待っている間に寝てしまうこともある。

だが、その顔を見て、千春は思わず大きな声を上げた。

「あれっ？　保志さん？」

その声に驚いたのは波子だった。波子は膝でにじり寄ってその顔を覗《のぞ》き込み、半ば目を閉じたその酔っ払いが、彼女の別居中の夫だと確認した。

「どうして⁉」

そう声に出してから、ハッと我に返った様子で千春とユウに頭を下げる。

「すみません！　主人がご迷惑を……」

「あ、いえいえ、大丈夫ですよ」

一応まだ起きていたらしいみつるも、すみません、と不明瞭《ふめいりょう》な声で言った。

「保志様は以前はよくいらしてたんですよ。でも、こんなに酔って来店されたのは初め

てです」

ユウはそう言い、身体を起こそうとするみつるを押しとどめた。

「よければ少し休みましょう」

すみません、とみつるはもう一度言って、腕で目元を覆った。

その仕草がまるで泣き顔を隠すような動きに見えて、千春は慌てて目を逸《そ》らした。

「どうしたの、みつる君、こんなになるまで飲まないじゃない」

「付き合いで……」

みつるはもごもごとそう言った。顔は相変わらず腕で覆っている。

その腕の下へ向かって、波子は話しかけている。

「ヴィッキーはどうしてるの?」

千春が水をコップに注いで戻った後も、会話はぽつぽつ続いていた。ユウがみつるの背中を支えて起こしたので、千春はコップを差し出して、みつるに飲ませた。

幾分落ち着いた様子で、しかしまだ起きていられず、みつるは座布団の上に頭を戻した。半分は呆れ、半分は心配そうな波子に、千春は尋ねた。

「あの……おうちの猫ちゃんたち、大丈夫ですか?　もう遅い時間ですけど……」

「あ、私は妹のところで空いてる部屋借りてて……妹もエリーはよく知っているので大丈夫です。ヴィッキーは自宅ですし、彼が遅くなるのは寂しいでしょうが、落ち着いていると思います」

客の呼び声が聞こえてきた。ユウは仕事のためそこで中座した。

ユウが仕事に戻ると、波子はみつるを見下ろした。みつるはもう腕で顔を覆ってはいなかった。申し訳なさそうな目で千春と波子を見上げ、時折気分悪げに目を閉じている。

「みつる君……エリーのこと、全然納得していないいんじゃない？　だから、こんなになるまで飲んじゃったんじゃないの？」

波子に問われて、みつるは口元を歪《ゆが》めるようにして喋った。

「僕の納得はどうでもいいんだよ。君の言う通りだし……」

「私が、あなたが窓用のガード直してないって指摘したこと？」

「そう……やっぱりあそこから逃げたんだろうから」

「そうでしょうね。そもそも窓を開けたまま外出するなんて……」

そう言いかけて、波子は気まずそうに口を噤《つぐ》んだ。これではますますみつるを内に籠《こ》もらせると思ったのだろう。

「……あの、でも、あなたはよく面倒見てたし、私も言い過ぎたと思うの。エリーだってあなたに一番懐いているし、私じゃ……」

「君は今までだってエリーの良いママだったじゃないか」

みつるは微笑みに似たものを浮かべてそう言ったが、その表情が急に消えた。

「ヴィッキーも、君が面倒見た方が、幸せになれると思う」

「みつる君！」

波子はもどかしげだ。みつるは本当に心から自分が嫌になっているらしい。確かに窓を開けっぱなしにして外出したことも、エリーの不在を波子が連れて行ったからと誤解して捜さなかったことも、不注意で済む話ではない。エリーが車に轢《ひ》かれなかったのは幸運だっただけだ。波子に責められる前から、きっとみつるは責任を感じて落ち込んでいたのだろう。

「僕……帰らないと。ヴィッキーが待ってるから。波子さんはヴィッキーも飼える？」

「待って、ちょっと、そんな急に話を決めようとしないで！」

「決めようとはしてないよ……」

立ち上がろうとするみつるに、千春は声をかけた。

「お弁当はよろしいんですか？」

「……あ」

みつるはなんとか座った姿勢まで立て直したものの、頭をぐらぐらさせながら言った。

「いや、忘れてました……でも、もう遅いので……それに、考えてみたら、おなかそんなに減ってないかも……」

空腹でもないのにくま弁に来たのは、何故か。

波子が相談相手を求めたように、みつるも話し相手が欲しかったのではないだろうか。

千春は精一杯の笑顔で、みつるを見つめて言った。

「少しお待ちください。それまで、どうかお二人でお話ししていてください。お弁当ができるまで、帰らないでくださいね」

今にも帰ろうとしていたみつるは困ったような顔をしたが、波子はそれに飛びついた。

「そっ……そうします！　そうよね、お弁当屋さんに来たのに迷惑だけかけて帰るわけにはいかないもの～！　ね、みつる君も軽いもの注文しましょう！」

「いや、僕は……」

なおも帰ろうとそわそわしているみつるを、波子は説得し続ける。

「食べたら少し元気になるかも。あの、軽めのお弁当、二つお願いできますか？」

「はい、ご用意できると思います。アレルギーや苦手なものはございませんか？」

「ありません。でも、ささっと食べられるといいなと……」

「ささっと……ですか」

「ええ、この人、自分は食べるのも面倒くさがって、食事を手早く終えたがるんです。お行儀悪いんですけど、味噌汁《みそしる》をごはんにかけて猫まんまにしたりとかして……」

波子の言葉に引っかかって、千春は尋ねた。

「猫まんまって、鰹節《かつおぶし》かけごはんのことではないんですか？」

「あら、そうなんですか？　うちでは味噌汁かけごはんのことでした。昔、ほら、キャットフードもなかった時代、夕飯の残りの味噌汁をかけたごはんをあげていたってことだと思うんですけど……」

地域差だろうか？　それとも、単に家庭による違いだろうか？

「僕も猫まんまって言うと汁かけごはんのことでした。行儀が悪いのはわかってるんですが、つい味噌汁を……」

みつるもそう言う。あれ？　自分は少数派だったのか……？　と千春が思った時、波子はいくらか呆《あき》れたような、諦《あきら》めたような顔で言った。

「ほら、こうなんですよ。だから、軽くて、ささっと食べられるものがいいと思うんです」

みつるは、波子をちらりと見たが、彼女の話に特に反論するでもなく、千春に要望を伝えた。

「ユウ君には、僕の希望はいつも通りですと伝えてください。でも……もし作れたら、ハンバーグにしてください。あ、でも、普通のじゃなくて……いや、ユウ君はたぶんわかると思うんですけど……」

「ハンバーグなんて、今食べられるの？　随分飲んだんでしょう？」

「大丈夫だよ、たぶん」

たぶん、ねえ……と波子は不満そうだ。

「かしこまりました。ちょっと店長に訊《き》いてきますから、こちらでお待ちください」

千春は腰を上げ、急いで厨房《ちゅうぼう》に戻った。

店には見たところ客の姿はなかったが、ユウはすでに卵をボウルに割り入れている。

「ユウさん、注文入った？」

「ううん、まだだけど、保志様たちにと思って」

「もう作り始めてたの？　注文も聞いてないのに」

「作れそうなところからね。奥様のご注文は？」

「軽くて、ささっと食べられるものって言われたよ。旦那《だんな》さん、いつも猫まんまにしてごはん食べちゃうって」

「鰹節をかけて？」

「ううん、そっちじゃなくて……」

言いながら、千春はなんとなく同志を得たような気分になってほっとした。

「やっぱり、猫まんまって鰹節かけたごはんだよねえ……」

「ん？　ああ、汁かけご飯の方の猫まんまの話？」

「知ってるの？」

「えっと……僕がここで働き始めたばかりの頃、熊野さんが言ってたと思うよ」

熊野が……ということは、北海道で猫まんまというと汁かけご飯のことなのだろうか。サンプル数が少なすぎるから、なんとも言えないが。

「まあ、とにかく、味噌汁かけごはんにしちゃうんだって。お行儀悪いのはわかってるけど、つい、って言ってたよ」

ユウは少し考えてから頷《うなず》いた。

「ささっとね。ちょっと工夫してみる。それで保志様……旦那様の方は……」

だ。

「いつも通り、って言われたよ」

「わかった」

みつるの態度からも明らかではあったが、ユウも何やら注文内容を理解しているよう

とはいえ、今回はみつるがさらに付け加えていたことがあったと思い出し、千春は補足した。

「それで、できればハンバーグが良いって言ってたよ。普通のじゃなくて、ユウさんならわかるって……」

「えっ」

ユウは目を丸くして、完全に意表を突かれた顔で千春を見ている。

「ユウさん……？」

「いや……大丈夫、大丈夫だけど……保志様からハンバーグの注文は初めてだったから。ルールに沿うと、普通のハンバーグは作れないんだ」

「ルール？」

「猫ちゃんたちと保志様が幸せになれるルールだよ。でも、そこに今は奥様の分の幸せも乗っているんだろうね」

千春は首を傾げた。

「ハンバーグが奥さんの幸せってことね？　旦那さんが注文してたんだけど、奥さんが

お好きなのかな？」

「そうだろうね。僕もびっくりしたよ。保志様が、わざわざルールから逸れるハンバーグを注文されるなんてね……」

ユウは随分感慨深そうだ。

「そんなに驚くことなの？」

「うん。保志様は、自分の好き嫌いより絶対に猫ちゃんたちのことを優先してたから。奥様は、保志様にとって、そのルールをどうにかしたいと思えるくらい、特別な存在なんだろうね」

千春はみつると波子の様子を思い返した。とてもそういうふうには見えなかった。みつるは猫のことばかり考えて、波子の気持ちを考えていないように見えた。

「……たぶん、それ奥さんには伝わってないんじゃないかなあ」

千春は腕を組んで唸《うな》るように言った。というか、千春自身、ユウに言われた今も半信半疑なのだ。

「それじゃあ、どうするの？　ルールを曲げたらダメだよね？」

「ハンバーグを工夫することになるだろうね」

ユウは微笑んだ。客に向けるものよりも親しげで、千春はその笑顔を近距離で向けられるだけでどきりとしてしまう。

「大丈夫。みんなが幸せになれるお弁当を作ろう」

いったい、そんなものがあるのだろうか。

千春は驚き、半信半疑の目をユウに向けた。

ユウはそこから先は黙って菜箸《さいばし》で卵液をかき混ぜ始めた。白身を切るように、小気味よく箸《はし》を動かしていく。千春は玉子焼き器を火にかけた。

よく油の馴染《なじ》んだ玉子焼き器の中で、卵液がふっくらとした美しい層を成していった。


千春からすると、弁当はごく普通のものだった。勿論美味《もちろんおい》しそうではあったが、ユウがいつも作る弁当の、しかも定番弁当に近い。

餡《あん》が絡んだ出来たての蓮根《れんこん》ハンバーグ、玉子焼き、いんげんやオクラといった夏野菜のゴマ和え、それに漬物として味噌《みそ》漬けを添えたおにぎり弁当だ。

普通……勿論、普通が美味しいのはわかっているが、みんなが幸せになれる弁当、なんて言われて期待していたものとはかなり違う。もっと特別な弁当かと思っていたのだが。

ユウが弁当を持っていくと、休憩室には重苦しい沈黙があった。みつるも波子もどこか落ち込んだ様子で俯《うつむ》くばかりだ。千春としてはこの間に話し合いをしていてもらいたかったのだが、どうも結局うまくいかなかったらしい。

ユウはその雰囲気に臆《おく》する様子も見せず、朗らかな笑顔で二つ重ねた弁当を差し出した。

「すみません、もうあまり種類が残っていなくて、お口に合うと良いのですが」

「いえ、こちらこそ……」

みつるはあぐらを掻《か》いて座っているが、まだ軸が定まらずふらふらしている。

「念のためご確認ください」

ユウがそう言い、弁当をちゃぶ台において蓋《ふた》を開けて見せた。

実際、千春がつい一分前に見たのと同じ中身、普通の蓮根ハンバーグ入りおにぎり弁当、といったものだ。

「あら、美味しそう」

初来店の波子はにっこりと微笑んだ。そう、大変美味しそうではあるのだ。何しろ蓮根ハンバーグは色よく焼けて、そこに和風の餡が絡んでつやつやと輝いている。出来たてほかほかのハンバーグに、ふわふわの玉子焼き。おにぎりだって、あの大葉味噌《みそ》は絶品だ……。

一方、みつるはじろじろと弁当を確認し、受け取った箸でハンバーグやゴマ和えをひっくり返して、ようやく納得したように蓋をした。

「大丈夫です。ありがとうございます。ハンバーグにも使ってないですよね？」

「勿論です」

使ってない……何をだ？

「何を確認してたの？」

波子が、千春の疑問を口にした。みつるは、もごもごと不明瞭《ふめいりょう》に答えた。

「あの……ネギとか使ってないかなって」

ユウはみつるの言葉を補足するように説明した。

「ネギやニンニクなど、猫ちゃんの毒になるものは取り除いております。たとえば、今回はハンバーグとのご注文でしたが、普通のハンバーグはタマネギを使いますが、これには使っていません」

「……ああっ！」

千春は得心して思わず声を上げた。視線が自分に集まってしまって、ばつが悪くなったが、自分なりに説明した。

「つまり……だから、ユウさんは、蓮根ハンバーグにしたんですね。ルールに沿うと普通のハンバーグは作れないから」

「ええ。これは柔らかさやジューシーさが増すように蓮根のすりおろしを入れ、同時に薄切りの蓮根も使うことで、歯ごたえも良くしてみました」

呆然《ぼうぜん》としている波子に、ユウはゆっくりと説明した。

「勿論、人間の食べ物は塩分も多いですし、猫ちゃんに食べさせないのが一番なんですが。以前保志様は、飼っている猫ちゃんがテーブルからお弁当のおかずを取って行ってしまったことがあって心配だとおっしゃっていて、それ以来、保志様のお弁当は必ず猫ちゃんが食べられないものを除いて作っているんです。万が一にも、猫ちゃんの体調に異変が出ないように」

　波子はびっくりした様子で、そのブラウン系の色が乗った唇をぽかんと開いた。

「え、でもヴィッキーはもうそんなことしないでしょう」

「そうだけど、昔はあったことだから、またあるかもしれないし……ヴィッキーはともかく、エリーはまだやるかもしれないから。いや、ちゃんとしつければ大丈夫なんだろうけど、あの……僕はたぶん、臆病《おくびょう》なんだと思うけど……いや、これは僕が勝手にやってたことだから、君が気にすることじゃないけど」

「……考えてみたら、確かにあなたは使ってなかった……かも。私は、タマネギを自炊に使ってたけど」

「いや……あの……」

「他にも気を付けないといけないことある？」

　何かを覚悟したような顔で尋ねる波子と、落ち着きなく身体を揺すっているみつるは対照的だった。彼は背広のポケットから手帳を取り出し、そこに書き付け始めた。

「エリーの餌はヴィッキーと違っていて、成猫用でいいけど、ヴィッキーはダイエット用だから……」

　呟《つぶや》きながら、手を動かしていく。メモはなかなか書き終わらない様子だ。猫の餌やキャットウォークを作る時の注意点、様々な留意事項……もう二ページ目に入ったのを見て、波子はどこか平坦《へいたん》な声で言った。

「エリーのこと、本当に私が飼うのが一番良いと思うの？」

みつるは酔って赤くなった顔に、意外そうな表情を浮かべている。

「うん……」

ついに、波子は堪《こら》えていたものを吐き出すように、長々と溜息《ためいき》を吐いた。あきれかえった様子だ。きっと波子なりに、ともすればかき乱されてしまう気持ちを落ち着かせて、精一杯冷静に話し合おうとしたのだろう。

だが、みつるは頑《かたく》なだ。こうして話を聞いていても、みつるほど猫たちのことをよく知っていて、彼以上に猫たちを大事にできそうな人はいないのに、波子自身でさえそう思っているのに。

千春は、そっと話しかけた。

「でも、奥様は、保志様がお世話された方が良いと思っていますよ」

みつるは波子を見やった。波子は大きく頷《うなず》いている。何度もそう言ったのに、と言いたげだ。

しばらく周囲からの視線を避けるように俯いてから、彼はしぼり出すように言った。

「自信がないんだ……」

「私があんなこと言ったから？」

悲しげな波子を見て驚いたように、みつるは首を横に振った。

「そうじゃないよ。いや、それで気付いたのもあるけど、僕はそんなに良い飼い主じゃないんだ。実際、いい加減なところがあるし……窓のガードだって、君に何度も言われてたのに。それに、色々……」

「でもあなた言ったじゃない！」

波子は声を荒らげてしまったことに自分で驚いた様子を見せ、それから頭《かぶり》を振った。

「ごめんなさい……でも、みつる君にそんなこと言われるなんて。だって、あなた、私があの家を出ていくって言った時、自分がなんて言ったか覚えてないの？」

「え……」

「ヴィッキーとエリーはどうするの、って言ったのよ。妻に別居を切り出されて、飼い猫の心配を真っ先にしてたのよ」

波子の目に涙の膜が張っている。水面の微《かす》かな揺らぎの後、彼女は目をそらした。

「あなたは、妻の私より、猫たちを大事にしてる」

頬に涙を伝わせながら、自嘲《じちょう》するように唇は震え、その頬は強張《こわば》っている。

「ようやく気付いた。私、惨めね。私、ずっとイライラしてた。私は惨めだったからイライラしてたのよ。猫より大事にされてないから、もっと大事にされたかったから、あなたと結婚してからずっと惨めだったのよ」

そこまで喋《しゃべ》ってしまうと、波子は溜息のような息継ぎをした。

「私は、あなたほど猫を大事にできないわ。私には自分の方が大事だった。自分とあなたの方が大事だった。私ではエリーに相応《ふさわ》しくない」

　みつるは呆然として、声も出ない様子だった。千春は何か言わなければと思った——思った時には口を開いていた。

「待ってください！」

　声に出してから、いや……これ、自分が口を挟んでいい話か？　ということに気付いて青ざめた。ただ、なんだかあまりにもどかしかったのだ。

「そのう……旦那《だんな》様も、奥様を大事にされていると思います」

　ハンバーグを注文したのも、と続けたかったが、みつるが先に喋ってしまった。

「僕は愛情表現が苦手で。でも、確かに、君は僕と一緒じゃない方が幸せになれるかもしれない」

　今の言い方は覚えがある。千春はそう思ったし、波子も同じようだった。

（エリーちゃんの時と同じだ）

　エリーの時も、波子の時も、彼は自分が諦《あきら》めることで相手が幸せになるのならと身を引いている。本当に相手が幸せになるかどうか、わからないのに。

　波子は目を伏せた。悲しみに沈むようにも見えたが、結局彼女は、ふっ、と笑った。

「執着しないのねえ」

　呆《あき》れたように、諦めたように。

　それから波子はユウと千春に向き直ると、てきぱきと二折分の弁当の支払いをして、立ち上がった。

「じゃあ、帰りますね。エリーも待っているので。あ、でも明日《あした》みつる君のおうちに連れて行くから。エリーをヴィッキーのところに帰してあげないと。それでいいよね」

本当にわかっているのか気圧《けお》されただけなのか、みつるはこくりと頷いた。

弁当を一折持って、彼女は行った。


波子に続いてみつるが出て行くと、千春は息を吐き出した。溜息というよりは、緊張してろくに呼吸もしていなかったことに気付いたのだ。

「な……何もできなかった……気がする」

「お弁当は作ったよ」

「そうだけど……せめてハンバーグは奥様のためですよって伝えたかったな……」

「そうだねえ。でも、そこは保志様がご自分で言えたらいいよね」

「まあ……」

それはそうだが、保志の様子を思い返すと、到底言えそうには思えない。すっと身を引いてしまうタイプらしい。

「奥さんだって、旦那さんにってささっと食べられるものを注文してらしたよね。お互いへの気遣いとかはすごく感じるんだけどなあ。そういえば、あのお弁当、ささっと食べられるのかな？　ハンバーグ、がっつり入ってるけど……」

「ハンバーグだけど、案外食べやすいと思うよ。餡《あん》のとろみもあるからね。それに……

実は、あれ、おにぎりを湯漬けにしても美味《おい》しいと思う」

　確かに、湯漬けならさらっと食べられそうだ。

　千春は、あの焼きおにぎりに、大葉味噌《みそ》が使われていることを思い出した。

　大葉味噌……味噌味の湯漬けになるということだ。

　ん？　と千春は小首を傾げた。

「……味噌味の湯漬けって……」

『猫まんま』は行儀が悪いと言われるからか、ユウは明言はしなかったが、黙ってにっこりと微笑んだ。

　その時、呼び鈴が鳴った。

　この時間だがまだ誰か来店したのだろう。千春もユウも腰を上げ、はあい、と大きな声で応《こた》えた。

❄

　エリーは青みがかった灰色の毛を持つ、ブリティッシュショートヘアだ。

　母猫のヴィッキーよりいくらか小柄で、よく動く。波子がみつると暮らしていた家にはキャットタワーがあって、そこを自在に駆け回っていたものだった。波子が身を寄せている妹の部屋には勿論《もちろん》そんなものはないが、やはり段差を利用して高いところに登っていく。

波子が帰宅した時、妹は風呂《ふろ》に入っており、エリーはカーテンレールに登って降りられなくなっていた。

タンスの配置を変えた方がいいな……と思いながら、波子はソファベッドの上に立ち、腕を差しのばしてエリーを下ろした。

「危ないでしょ」

ずっしりと腕にかかる重さに、カーテンレールが壊れる可能性を思う。

波子は、妹が借りている2LDKのうち衣装部屋にしていた一部屋を借りている。ちょうど窓のそばのタンスがカーテンレールへのほどよい足がかりになってしまっている。妹に言ってタンスを動かす許可をもらわなくてはいけない。

元々タンスと衣装ケースでいっぱいだった部屋に、半ば無理矢理ソファベッドを押し込んだ部屋はかなり狭い。

ひとまず一人でタンスを動かすのは無理そうだったし、放っておくとまた同じ経路でカーテンレールに上がりそうだったので、波子はエリーを連れてリビングに移動した。抱っこを嫌がったエリーはそこですするりと腕から下りる。波子はエリーの行く手を遮るように、衣装部屋に通じるドアを閉めた。

「こっちは後でね」

波子はカウンターテーブルの上にくま弁の弁当を出した。匂いを嗅《か》ぎつけたのか、エリーが甘えた声を出す。

「エリーちゃんはもうごはんもらったでしょ。コレはママのだよ」

エリーはなおも身を擦《こす》り付けるようにして寄ってきた。可愛さに耐えられず、波子はつい構ってしまってなかなか食事を摂れない。いや、冷めるぞ！　ということに気付いて、ようやく身体を起こしてカウンターのスツールに座った。

途端、再び甘えた声が響く。この家に連れてきてから、随分甘えてくるようになった。ヴィッキーと引き離されて寂しいのだろう。波子や妹がいても、ヴィッキーとみつるの代わりにはならないのだ。

「ごめんね……明日には会えるからね」

エリーもヴィッキーとみつるのところに帰れば落ち着くだろう。自分もここを出て生活を立て直さなくてはならない。

物思いにふけっていたことに気付いて、波子はとにかく弁当の蓋《ふた》を開けた。店で見た時と同じハンバーグ入りのおにぎり弁当だ。ハンバーグは好きだが、外食とか惣菜《そうざい》とかで食べることが多かった。作ると手が汚れるし汚れたボウルを洗うのも嫌で、挽肉《ひきにく》があるなら炒《いた》めて肉そぼろにしたり肉味噌にしたり、野菜と炒めたりしていた。

それはそれで勿論美味しいのだが、ハンバーグは普段家で作らない分ちょっと特別だった。しっかりとした厚さに中の肉汁が感じられてテンションが上がる。表面に押し付けられた蓮根《れんこん》の焼き加減も良さそうだ。てりてり、つやつやの餡も絡んで、和風ハンバーグとしてでんと構えている。どちらかというと正統派のデミグラスソースがかかったハンバーグが好きだが、これも美味しそうだった。

エリーが膝《ひざ》に乗ってくる前にと、波子は急いで箸袋《はしぶくろ》を破いてハンバーグに箸を入れた。肉汁と餡が絡んできらきら輝く。ぱっと口に放り込むと、摺《す》り下ろした蓮根のせいか柔らかく、もちもちした食感もあるが、表面に押し付けられた蓮根はしゃきしゃきしている。絡めてあるのはわかりやすい甘辛味ではなく、もう少し薄味で、優しい味付けだ。ハンバーグというイメージからは遠いものの、肉のボリューム感と溢《あふ》れる肉汁は確かにハンバーグのものだ。豚肉が多めらしい合い挽《び》き肉の存在感を引き立てつつ、蓮根の食感もまとめ上げる組み合わせに、波子は満足して溜息《ためいき》を漏らした。

「これ良《い》いわあ……」

吐息と一緒に言葉も零《こぼ》れ出た。

「お帰りー」

声の方に顔を向けると、妹が髪を拭《ふ》きながら廊下からリビングダイニングに入ってきたところだった。彼女は波子の顔を見ると、笑顔になった。

「ただいま。え、なんで笑ってるの？」

「いや、お姉ちゃんがにっこにこなんだもん」

顔に手を当てる。美味しいものを食べて勝手に頰が緩んでいたらしい。

「お弁当が美味しいから……私だって笑うくらいするわよ」

「最近、ずっとしかめっ面してばっかりだったから。あ、ハンバーグなんだ。どうりでね」

妹はそう言って、バスルームに戻っていく。しばらくして、ドライヤーの音が聞こえてきた。

波子は表情筋を揉《も》み込むように顔を撫《な》で擦《さす》った。

みつると波子はよく洋食屋に行った。ファミレスだったり、ちょっと良い店だったり、色々だが、とにかくハンバーグがある店だ。波子がハンバーグを食べていると、みつるは時々、じっと波子を観察していた。

見られると緊張するから嫌だと言うと、にこにこしてるからつい見てた、と伏し目がちになって答えるのだ。

彼の前でいったいどれだけ笑顔を見せただろうかと思う。

互いに一人暮らしを続けていた上での結婚だ。すでにそれぞれの生活の流儀は出来上がっていて、互いに家事ができたから良い面もあったが、自分と違うやり方をするみつるに波子はいちいち鬱屈《うっくつ》した思いを溜《た》め込んでいた。

一緒に暮らし始めてから、怒ってばかりいたような気がする。

たまに笑顔を見せるかと思えば猫と遊んでいる時か、ごはんを食べている時くらいで……。

「ごはんを食べている時……」

みつるが弁当にハンバーグを指定したのは、きっと波子のハンバーグ好きを覚えていたからだ。タマネギ抜きのハンバーグなんていうわがままをユウに言ったのは、波子のためなのだ——別に、波子はそこまでしてハンバーグが食べたいなんてこと、一言も言わなかったが。

もしかして自分は思っていたよりもみつるから気遣われていたのだろうか。

だが、それでは別れ話を切り出した時、みつるが言ったあの言葉はなんなのか。

ヴィッキーとエリーはどうするの、と彼は言ったのだ。

腹立たしく思い返しながら、波子は玉子焼き、おにぎり、と立て続けに食べた。ふわふわの玉子焼きはたらこ入りで、優しい口当たりに塩っ気が効いて良いおかずになっている。大葉味噌《みそ》の焼きおにぎりは香りも良く甘辛い。どちらも衒《てら》いの無い素直な味だ。素朴で、馴染《なじ》みのある味で……ささくれ立っていた心が、優しく撫でられているようだ。

口いっぱいに頰張ったおにぎりを咀嚼《そしゃく》しながら、波子は少し冷静になっていった。

自分でも先程気付いたことだが、波子が笑顔を見せたのは、猫と遊んでいる時、ごはんを食べている時くらいだ。

みつるが猫たちを波子に育てさせようとしたのは、猫たちにとってその方がいいと思ったからだが、波子が猫たちの前ではにこにこ笑顔でいたことも関係しているかもしれない。

ヴィッキーとエリーはどうするの、というあの言葉は、彼が、波子を慮《おもんぱか》ってくれたという解釈もできるのではないか？

（いえ、これもう願望ね……）

これ以上一人で考えていても、思考はぐるぐる同じところを巡るばかりだ。

ヴィッキーとエリーはどうするの、というあの言葉の意味をみつる自身に問おうと思った。

もう一口ハンバーグを食べる。ふわっと柔らかいが、肉の美味しさを充分に味わえる。煌《きら》めく金色の餡《あん》。蓮根のしゃきしゃき、もちもちとした食感。

……これを、みつるが、波子のために注文してくれたのだ。

ユウさんと呼ばれているあの若い店長には無理をさせてしまったかもしれないが、美《お》味《い》しくて、食べるごとにおなかから元気になっていく。

大事にしてもらっていたのかもしれない。

自分の指の腹で頬に触れる。撫で擦り、揉み込む。皺《しわ》が寄りそうな眉間《みけん》を指で伸ばし、目元を擦る。

目尻《めじり》に涙が滲《にじ》んでいた。

甘えた声が思っていたよりもずっと近くで聞こえて、波子ははっと息を呑《の》んだ。エリーがいつの間にかカウンターに上がって、今にも弁当に飛びかかりそうな姿勢を取っていた。目の輝きが、その全身の緊張感が、狩猟の喜びを感じさせた。波子は弁当を両手で抱えて危ういところで高く掲げた。その直後、エリーの前脚がそれまで弁当を置いていた場所をかすめた。

「エリー！　ダメよ！」

中毒を起こすようなものは入っていないとはいえ、人間の食べ物は塩分も多いし、口にさせるのはよくない。

エリーはすぐにまた甘えた声を上げたが、さすがに諦《あきら》めたのか、カウンターからひらりと下りて、振り返りもせずに妹のいるバスルームに入っていった。

波子の涙も引っ込んでしまった。

まったくもう……と口の中で呟《つぶや》いたが、すぐにおかしくなって笑ってしまった。

ブルーグレーの光沢ある毛並みが印象的なロシアンブルーは、元から口角が上がっていて、まるで人間の笑顔のように見えると言われている。

ハンバーグを食べる時、いつも波子は嬉《うれ》しそうだった。口角が上がって、目尻が下がって、まさにロシアンブルーみたいな顔になる。

みつるは彼女の笑顔が好きだった。

猫に似ているからだけではない。

彼女の笑顔を見ると、彼女が幸せな気持ちなのだと実感できて、みつるの方も嬉しくなってほっとする。

だからハンバーグを頼んだのだ。

今頃彼女はあの笑顔でいてくれているだろうか。

幸せでいるだろうか。

そうあってほしいが、笑顔を見る立場にない自分にはわからない。

みつるは美味しそうな弁当を前に溜息をついた。

その隣で、ヴィッキーが大きな口を開けてあくびをした。

エリーより大柄で、体重も結構多めだ。とっくに夜のごはんは食べ終わって、みつるの帰宅時には寝室のベッドの上に横になっていたようだ。みつるの帰宅に気付いて寝室から出てくると、そばに寄り添って、食事中も離れない。

「俺はおまえの子猫じゃないぞ」

ぴたりとくっついた猫に、みつるはそう言いながら、頭を撫《な》でた。ヴィッキーはまたあくびをして、あぐらをかく彼の脚の上にのしかかり、そこに落ち着いてしまった。ヴィッキーはやや太めであるため結構な重さだが、愛おしくて気にならない……最終的に脚が痺《しび》れてくるのだが。

こうして一人と一匹でいると、結婚前、ヴィッキーと暮らしていた頃のことを思い出す。

マメな方ではないし、波子を紹介されなかったら結婚しようなんて思わなかっただろう。自分みたいな人間が結婚したのがそもそもの間違いだったのだ。

波子は猫好きなところ以外は驚くほど彼と違っていて、これほどしっかりした人が自分のようなだらしない人間と結婚していいのだろうかと思ったくらいだ。実際、やはり新婚当初から色々と問題は噴出していた……異なる環境で育った人間同士、しかも性格まで違うのだから、当たり前だ。

このローテーブルを挟んで食事をした時のことなどを思い出してしまう。彼女が自分のくだらない話で笑った顔だとか、ヴィッキーが初めて自分からすり寄っていった時の彼女の紅潮した頰だとか……だが、徐々にそういう表情を見ることも笑い声を聞くこともなくなっていった。自分と一緒ではない方がきっと彼女は幸せだろうと今は思う。

それでも、こうしていざ波子が目の前にいないと、心にぽっかりと穴があいたような虚しさを感じる。

彼女が幸せであればよいと思っていたはずだったのに、なんだかそう綺麗《きれい》な話では終わらず、自分はいったい何をやっているのかと頭を抱えたくなる。

そんなことを考えながらも、左手はヴィッキーの頰やら額やら顎《あご》の下やらをくすぐるように撫で、ヴィッキーは膝《ひざ》の上にひっくり返り、四本の脚を伸ばしてうっとりとしている。

みつるはまた溜息《ためいき》をついて、右手に箸《はし》を持って弁当に取りかかった。

その時突然ヴィッキーが反転して腹ばいになった。びくっとしたみつるが手をどけると、ヴィッキーは満足げな後ろ姿を見せながら、悠然と寝室に去って行った。

みつるはそれに羨望《せんぼう》の眼差《まなざ》しを向けて呟いた。

「猫って可愛いねえ、波子さん……」

口に出してから、話しかけた相手がいないことに気付いてハッとした。もし波子がいたら、そうだねえ、でもみつる君って毎回同じこと言うよねえ、とでも返して笑ってくれただろうか。自分が抱えていた虚《むな》しさにようやく思い当たって、みつるは涙が滲んできた。

波子が愛《いと》おしいし、いなくて寂しいのだ。

それなのに、どうしても素直にそのことを伝えられなかった。

猫みたいになれたら良かったのになあ、とみつるは思う。

そうしたら、きっともっと思うがままに振る舞えただろうに。


それまで一人で暮らしていた人間同士が二人で暮らすのだから、それは勿論《もちろん》何かしらの問題は生まれるものだ。

あんまりにも些細《ささい》なことだと話題にするほどでもないかと思って流してしまう。

ラグの上に山積みにした洗濯物を畳みながら、千春はぼんやりとカイのことを思い返していた。マイペースなのかそこまで千春に馴染んでいなかったのか、カイは家の中では千春にくっついてくることはあまりなかった。外で餌をねだる時はあんなに甘えた声を出していたのに、いざ保護して餌がきちんと出ることがわかると、何か要求がある時以外は淡泊なものだった。

だが、カイは取り込んだばかりの洗濯物の山の中で寝るのが好きだった。

飲食店で働く以上、動物の毛など持ち込めない。細心の注意を払って身支度をしているのに、洗った洗濯物に毛を擦《こす》りつけられると本当に困る。

今は、そんな心配をしなくてもいいのだ。

「はあ……」

それなのに、口から出てくるのは溜息だ。

色々な行動を取る時に常にカイの存在を念頭に置く必要があり、カイの存在に振り回されてきた一ヶ月だった。

今は胸に穴があいたみたいだ。

「千春さん」

声をかけられ、千春は手が止まっていたことに気付いた。ユウは少し心配そうな顔で千春の隣に腰を下ろした。一緒になって、一週間分の洗濯物を畳み始める。一人分を一週間溜《た》めてもそこまでではないが、二人分を一週間溜めると、さすがに畳むだけでも一仕事だ。もう少しこまめに洗濯すべきかもしれない。

くま弁は定休日で、千春とユウは映画を再生したりしながら溜まった家事をして過ごしていた。

「カイの……エリーちゃんのこと、思い出してた？」

「うん……」

ユウに図星を指されて、千春は肯定するしかなかった。

「……ユウさん、ありがとう。ご夫婦のどちらが引き取るかわからなかった時、うちで預かってもいいって言ってくれたでしょう」

「そんなの……実際にそうはならなかったし」

ユウは洗濯物の山の中から靴下を一足ずつセットで見つけて畳んでいる。

千春は空色のTシャツを畳みながら呟いた。

「エリーちゃん、今頃元気にしてるかな……お母さん猫のところに戻るって聞いたけど……」

「この前、保志様がお店に来てくださったけど、その時にはもう二匹とも保志様のところにいるって聞いたよ」

「そうなんだ！　じゃあ、それはよかったね。波子さんは寂しいと思うけど……」

「うん……」

その後しばらく二人で黙々と洗濯物を畳み続け、あらかた終えた頃、千春は口を開いた。

「結婚ってどうしてうまくいかなくなるのかな」

理由はきっと色々あるのだろうが、列挙するのも悲しくなり、千春はただそう疑問を口にしただけだった。

ユウも最後のシャツを畳んで言った。

「どうしてだろうね……」

なんとなく顔を見合わせたが、そこに答えがあるわけでもなかった。


くま弁に保志みつるがやってきたのは、その翌日のことだった。

夜の十九時頃だったので、まだ客が途切れず、ユウも千春もばたばたと忙しく働いていた。

みつるは前に来た時よりも心持ち明るい顔をしていた。ユウと千春を見て頭を下げた彼は、弁当を注文すると、隅の丸椅子に座った。

何しろ忙しい時間帯でたいして言葉を交わすこともできなかったが、表情からみつるが少し元気そうに見えて、千春はほっとしていた。

会計の時、みつるはそっと千春に声をかけてくれた。

「あの……前のお弁当、ごちそうさまでした。美味《おい》しくて、元気になれました。あんまり濃い味じゃなくて、餡《あん》が絡んで食べやすくて」

「それはよかったです！　ありがとうございます」

みつるの感想が嬉《うれ》しくて、千春も明るい顔になった。

みつるが頭を下げながら出て行こうとした時、自動ドアが開いて、入ってきた客とみつるが危うくぶつかりそうになった。

あっとお互いに声が出ていた。

入ってきたのは波子だった。

波子も仕事帰りに立ち寄ったようだった。ぶつかりそうになった相手がみつると気付いて、彼女は目を見開いた。

「みつるさん!? あの……偶然ね」

「今日はどうしたの？」

「ほら……美味しかったから……」

波子には動揺が見えた。みつるの方は驚いてはいたが、波子を見て嬉しそうに見えた。

「僕も今買ったところだよ」

みつるはそう言い、そこが出入り口の前であることに気付いて、ドアの前からどいた。

「あの、波子さん」

波子は一緒に横にどけたところで、何かを逡巡《しゅんじゅん》するような顔でちらちらとみつるを見ていたが、声をかけられ、背筋を伸ばして返事をした。

「はいっ」

「……ごめん」

みつるはそう言って深く頭を下げた。

波子は意表を突かれて声も出ない。

口を開く前に周囲の目を気にして、みつるを引っ張って距離を縮め、小声で話す。

「な、何について……？」

「窓のガードなかなか直さなかったことと、波子さんが連れて行ったたって誤解したことと、波子さんを傷つけたこと……別居を切り出されて、最初にエリーたちのこと口にして……あと、波子さんを惨めな気持ちにさせてたことと……」

「わかった、わかった……ちょっと待って、えっと……窓のガードは直したの？」

みつるが頷《うなず》くと、波子はほっと息を吐いた。

「それならよかった。もう逃がさないでね。あと……私も訊《き》きたいことがあるの」

「うん……」

波子はまだ緊張した様子で、落ち着きなく両の手を揉《も》みながらも、はっきりと尋ねた。

「私、私ね、あなたは、私が思っていたよりも私を大事に思ってくれていたんじゃないかって気がしているの。だって、私がハンバーグを好きなことも覚えていたし、私のために、ハンバーグを注文してくれたじゃない……」

「うん、まあ、考えてみたら、ぼくの分は普通のでよかったんだけど。なんだか、二人分頼んじゃって……」

「そうね、私も……ささっと食べられるものがいいのは、あなたであって、別に私は普通に食べられたのにね……」

　気まずそうに毛先を指先でいじり、ふと波子は話題が逸《そ》れてしまったことに気付いた。

「つまり、私が言いたいのは――あなたがエリーたちはどうするんだって私に言ったのは、どうしてなのかってこと。……何を考えていたの？」

「何って……エリーもヴィッキーも僕と暮らすと思っていたから……いや、この考え自体が傲慢《ごうまん》だったと今は思うよ。エリーは君と暮らしてから生まれてるし、君がエリーを連れていくことも考えておくべきだった」

　困った様子でみつるは言った。

「でも、ヴィッキーは僕が育てていたから、僕の猫だし、僕が引き取ると思ってた。それなら、エリーも一緒だと、勘違いしていて……」

「待って、それはいいの。そうじゃなくて、私が聞きたいのは、エリーたちがあなたと暮らすからなんなのかって話で……」

「なんなのかって、君が悲しむって話だよ」

　こともなげにみつるは言った。

「君は、エリーたちが大好きだろう？　別居なんてしたら、君はきっと寂しくて悲しむと思ったんだ」

　それは、純粋に、波子の気持ちを気遣った言葉だった。

　波子は呆然《ぼうぜん》とした表情でみつるを見ていた。その頰に僅《わず》かに赤みが差したように見え

た。彼女は唐突にそこが弁当屋で、他の客の視線や耳を避けて隅でぼそぼそ話していた
とはいえ、仕事の合間にちらちらと波子たちの様子を見ている千春や、真面目に立ち働
きつつも話は聞いていそうなユウの方を見て、慌ててみつるの腕を叩《たた》いた。

「ちょっと、待って。ここで話すのは……」

「？」

みつるは顔を僅かに傾けて波子を見つめている。どうしてここで話してはいけないの
かという顔だ。

「ところで、君が聞きたかったのは、それで全部？」

「そうだけど、あの……」

「僕の話を聞いてくれる？」

真摯《しんし》な顔で問われて――というよりは懇願されて、彼女は結局頷いた。

「お弁当、僕も美味しかった。でも、食べていて思ったんだ。君はどうしているのかな
って。前みたいに、幸せそうに笑って食べているのかなって。もしそうなら嬉しいけど、
でも、やっぱり僕は、それを見たかった。今更だけど……君のそばにいたかった」

波子は、動揺を隠せずにいる。

泣きそうな顔で波子はみつるを睨《にら》み付け、首を横に振った。

「どうしてそんなことを今になって……」

言葉はそこで途切れ、彼女は唇を噛《か》んでいる。

その言葉をもっと前に聞きたかった、という悔しそうな様子にも、腹を立てている様子にも見えたが、それでも目を包み込む涙は、悔しさや怒りではなく、喜びのためにあふれ出したようだった。

「ごめん。今更だけど、やっぱりそう思ってるんだって、一人でお弁当食べてて気付いて……ごめんね。もう遅いかな……」

みつるはそこで黙り込んでしまった。顔を伏せて震えているようにも見える……。

「あの……僕……俺……ごめん、俺、波子さんとやり直したいんだ。迷惑だったら、諦《あきら》めるけど、でも、一度、考えて欲しい……」

出てきた声は涙声で、それどころか、鼻を赤くしてすすり上げ、目からはボロボロと涙が零《こぼ》れていた。

お茶を買おうと冷蔵庫から出してカウンターに持ってきた別の客が、みつるの様子に気付いてぽとっとペットボトルを床に落とした。客は慌ててそれを拾って、会計を済ませた。千春も釣銭を渡し損ねそうになった。

さすがに波子が上擦った声を上げた。

「ま……待って、私の涙が引っ込んじゃったじゃない！」

「ごめん……」

みつるはか細い声で言う。

「本当は、もっと前に言うべきだったんだけど……僕と一緒じゃ、波子さんは幸せじゃないかもしれないけど、僕は、どうしても、波子さんと一緒がいいって思ってしまって……ごめん……色々努力するから、もう一度チャンスが欲しいんだ……」

「ど……えっ、そう……そう、そうね、あの……はい……」

波子は気まずそうに周囲をちらちら見て、それから、また小さな声で応《こた》えた。

「私……いつも、考えるより先に口に出てしまうというか、きついことばかり言ってしまって。いっつもそうよ、エリーの時だって変なこと言ったからみつる君を傷つけたし、そのことは、謝っておきたかった。ごめんね……」

みつるは言葉もなく、ただ、ぶんぶんと首を横に振る。

波子は落ち着かない様子でワンピースを身体に撫《な》で付けた。

「みつる君には、今みたいなことを考えているってちゃんと話して欲しい……私は考える前に喋《しゃべ》ってしまうけど、それはよくないけど、でも、あなたも話して。今みたいな話は、こんなことになる前に聞きたかった」

確かに……と千春は内心深く頷いてしまう。

みつるは目を丸くして波子を見ている。そんなに驚くということは、彼はもしかすると、今初めて、自分がどんなことを求められているか理解したのかもしれない。

「うん、そうする」

真剣な顔でみつるはそう言った。まるで誓いの言葉を口にする新郎のように、少し緊張した面持ちで。

波子の目の端に、また涙が光っていた。

「波子さん、大丈夫？　僕は……ごめんね」

「大丈夫よ！　あなたの方がよっぽど大丈夫じゃないでしょう！」

その通りで、みつるの顔は涙と鼻水でぐちゃぐちゃだった。それこそ百年の恋も冷めそうな状態だったが、波子はぶつぶつ言いながらも、ポケットティッシュを袋ごと彼に渡した。

「波子さん……」

「はいはい」

「写真、いらない？」

「写真？」

みつるは鼻をかんでから言った。

「ヴィッキーとエリーの」

「えっ、なんで⁉」

「喜ばせたくてたくさん撮っちゃったから……」

波子は飛びつくように応えた。

「いる！」

少し空《す》いてきた店内で、波子は丸い椅子に座って、その隣にみつるも座って、彼女にスマートフォンを見せていた。波子は写真の一枚一枚に興奮している。

最終的には、それらの写真をすべて譲ってもらうことで話がついたようだ。

やがて波子が注文した肉じゃが弁当ができた。彼女は立ち上がって会計を済ますと千春たちに向かって、恥ずかしそうに頭を下げた。

「すみません、お騒がせしてしまい……」

「いえいえ！　あの……でも聞こえちゃって……」

「そうですよね……」

波子は、困ったものだという顔でみつるを見やる。

だが、その表情にも、どこか優しさが滲《にじ》んでいる。

波子は、みつるが、自分のことも大事に思ってくれているとようやく実感できたのだ。

「人の結婚式に出席しているような気持ちになって、千春は拍手なり、ライスシャワーなり――なんらかの方法で幸せを祝福したくなった。彼らは勿論《もちろん》まだ別居しているわけなのだが、少なくとも、ここで一つの理解にたどり着けたのは素晴らしいことだから。

ユウは、スマートフォンをしまおうとしていたみつるに声をかけた。

「保志様、あの、エリーちゃんたちのお写真ですが……」

「はい」

「僕たちもいただいてもよろしいですか？」

その申し出を聞いたみつるは、破顔して答えた。

「ええ、喜んで」

写真をどの方法で共有するか話し込み始めた男性二人を置いて、そっと波子は千春に近づいた。

「あの……お二人は、ご夫婦でお店をされているんですか？」

急に波子からそう問われて、千春は驚きのあまり少々上擦った声で応えた。

「えっ、ああ、はい……いや、入籍はこれからなんですが、そのつもりで」

特にそういった話を波子にしたわけではないのだが、二人でエリーを返しに行くなどしていたし、そういうふうな関係だとわかってもおかしくない。

そうですか、と波子は呟《つぶや》いて、ユウと話し込むみつるを見やった。

「私たちの轍《てつ》は踏まないでくださいね」

「えっ」

「私とみつる君は、信じられないくらい遠回りしているから！」

なるほど……確かに、別居まで至って、ようやく少しわかり合えた、という状況では、そんなアドバイスをしたくなるかもしれない……。

千春は人生の先輩を見る気持ちで波子を見つめ、神妙に頷《うなず》いた。

「心します」

波子は両手で拳《こぶし》を作って、頑張って、という仕草をした。

ともあれ、ユウの弁当は、波子とみつる、そして二匹の猫たちの幸せを、多少なりとも手助けできたらしい。

週に一度の定休日、千春はワッフル作りに挑戦していた。

パールシュガーをくっつけた生地をワッフルメーカーに落として焼いていく。ワッフルメーカー自体は以前勤めていた会社の忘年会のビンゴでもらったもので、引っ越しの片付け中、数年ぶりに出てきたのだ。

ユウは洗濯物を取り込んで、ベランダから戻ってきた。

「良い匂いだね」

ユウにそう言われて、千春も嬉《うれ》しくなる。ちらちらと焼き色を見て、タイミングの良いところで取り出すと、生地の外側はカリッとして、パールシュガーは上手《うま》い具合に半ば溶けてカラメル状になっている。皿に積み重ねて、もう二つ分焼くために生地を入れる。ユウが洗濯物を畳んでくれている間に、千春はお茶を淹《い》れるべくヤカンを火にかけた。

思わず鼻歌が出そうになる。焼き上がったワッフルをもう一皿分よそい、お茶と一緒にダイニングテーブルに並べた。

「焼けたから食べよう！」

ユウはまだ洗濯物を畳んでいる途中だったが、手を止めて一緒にお茶の時間になった。

ワッフルはざらっと溶け残った砂糖の食感も美味《おい》しく、中はふわっとして、そのままでも充分に美味しい。だが二口目で蜂蜜《はちみつ》をかけると、格子状のへこみによく絡んで、さらに幸せな気持ちになれた。

「美味しい～！」

自画自賛し、恥ずかしくなってユウを見やった。ユウはニコニコ笑って、千春のことを嬉しそうに見ている。

「あの……すみません、料理人の前で……」

千春が思わずそう言うと、ユウは堪《こら》えきれない様子で笑い出した。

「美味しいものは美味しいって言って良いと思うよ。僕は美味しそうにごはんを食べる千春さんが大好きだから」

かなりまっすぐな発言で、千春は照れて、えへへ……というような笑いを浮かべた。

波子は自分たちの轍を踏むな……と言ってくれたが、ユウに関しては自分の気持ちを言わないという問題はなさそうだ。

ならば、自分はどうだろう？

千春はハッとしてユウを見つめた。

波子はみつるに不満を抱えていた。

ユウも自分に対してそう思うことがあるのではないだろうか？

千春はしばらく黙ってユウを見つめた。ユウは不思議そうな顔をしている。

「あの……ですね」

「うん？」

言いだしにくくて、なんとなく丁寧語になっていた。意図的にですます調を止めて、もう一度切り出す。

「あの、洗濯物のことなんだけど。畳み方……私とユウさんで違うから、どっちがいいかな～という話をしたいかなと……」

ユウはきょとんとした顔をしていたが、思い当たってあっと声を上げた。

「ああ、そういえば違うよね、靴下とか……あんまり気にしてなかったけど」

「気にしない方だった？　そっか、それならよかった！」

「千春さんは気にする方？　それなら合わせるよ」

「………」

ユウを気遣ったつもりだったが、逆に気遣われてしまった。

「はい……あの……靴下伸びるの嫌なので、くるんって裏返してまとめるのやめてもらってもいいですか……」

「わかった。千春さんはどうしてるんだっけ、こう……くるくる丸めるだけ？」

靴下の畳み方なんて、本当に些細《ささい》なことだ。

別にわざわざ言うほどのことでもないと思ってやってきた……だが、実際にすれ違ってしまったみつると波子の夫婦を見ていると、そんな小さなことでも一つ一つ話し合っておいた方がいいような気がするのだ。

「……ごめんね」

千春がそう言うと、ユウは笑ってその手を取った。

「もっと気軽になんでも言って。気付いたことはちゃんと口にして話し合おう」

ユウの手に触れ、その温度に頬を綻《ほころ》ばせ、千春は頷いた。幸せになるためのルールは、これから二人で話し合って形作っていくのだ。

「えっと……他は……ユウさんからは何かない？」

「そうだなあ……休日何時まで寝てるかとか？」

千春はぎくっとした。だいたい、いつもユウの方が早起きなのだ。

「いや、別に起こそうとはしないから。でも、何時になったら声かけて欲しいとかないのかなって気になってる……」

「う……もう少し早く起きて休日を有効に使いたいとは思ってるんだけど……」

体力的に難しい部分もあるから、そこはこれから調整していきたいです、と子どもの言い訳じみたことを口にしたが、ユウは文句を言わなかった。

「あとは……」

あとはなんだろうか。うんうんと考え込んでいる間に、ユウがワッフルを食べている。自分が作ったものを彼が口にする時はいつも緊張して、息を呑《の》んでしまう。ユウはそれに気付いて、ちょっと申し訳なさそうに言った。

「あの……別に何も文句とか言わないから、食べてる時にそんなにまじまじと見ないで欲しいかな……」

「えっ、だってユウさんも私のことおんなじくらい見てるでしょ……」

「それはだって、千春さんが嬉しそうなところを見たいから……」

「…………」

確かに、千春はユウが嬉しそうに食べるところを見たいというよりは、彼にまずいと言われないか不安で見ているのだ。

「別に、千春さんが作ったものを僕が食べる時、常にテストされてるみたいに思わなくていいんだよ……というか、思わないでほしい……賄いの時はそういう、練習っぽい面もあるから良いけど、家では止めてほしいかなって」

なるほど、その視点はなかった。

確かにそれは食べにくいかもしれないと反省した。

「わかった。その方が、私も気楽かも……」

ユウはホッとした様子でワッフルを食べた。かりっと焼けた表面、ふわっとした口当たり、しゃりしゃりという食感に、彼の表情が緩むのがわかる。想像していたよりもずっと素直に彼が喜びを表すのを見て、千春まで嬉しくなった。目の前の人が嬉しそうな顔で食事をするのは、確かにとても良いものだ。

「ユウさんの気持ちがわかっちゃったかも」

千春がそう呟くと、ユウは照れたように微笑んだ。

・第三話・　新婚旅行のまかない弁当

何かが変わる時はあっという間だ。

人の流れに乗って地下道を歩きながら、彼はぼんやり考えていた。

彼が離れている間に、札幌の地下道はどんどん拡張されていって、今では地下鉄さっぽろ駅と大通駅の五二〇メートルを地上に出ずに歩くことができる。店が並ぶ区画もあり、アイヌ民族のアートや情報発信の場があり、開拓の歴史に触れる展示があり、各種イベントも企画されている。雪にも寒さにも日差しにも悩まされない。

便利になったなと思う反面、置いていかれてしまったような疎外感もある。

就職と同時に札幌を出て、もう二十年だ。

かつての馴染《なじ》みの店ももうない。勿論《もちろん》変わらない光景もあるが、変わってしまったことの方が目についた。そういう気分だったのだろう。

そのままの気分で、彼はあちこちふらふらと店を見て歩いた。

地下道から地上に出て、まだそれほど冷たくもない秋風を浴び、なおも歩く。

そして、二十年前と変わらぬ姿で佇《たたず》む店を見つけた。

見知らぬ街に、突然顔見知りを見つけたような心地だ。

彼は足を止め、その赤い庇《ひさし》テントに描かれた、熊のイラストを見上げた。

白いコンクリート壁を覆う蔦《つた》は緑から赤へ、その色を変えていた。

濃い緑から深紅色への変化は目にも鮮やかで、日々急激に下がる気温と相まって、秋の深まりを感じさせる。

千春とユウが二人で暮らす三階建てのマンションはくま弁から徒歩圏内にある。ユウは先に市場に寄るため、千春は一人で少し遅れて店に向かう。昼は仕出しの仕事が入っている。段取りを頭の中で組み立てながら歩いていたが、蔦で覆われた店の前で足を止める。

そういえば、初めて会った頃は、この蔦がもうすっかり枯れていた。

千春は懐かしさに思わず笑みを漏らし、横手のドアから建物に入った。

厨房《ちゅうぼう》には、仕入れから戻ったユウがいた。

「おはよう」

朝だって勿論《もちろん》挨拶《あいさつ》したし、一緒に朝ご飯も食べてきた。

だが、こうして店でその日最初に会うたびに、挨拶《あいさつ》をする。客と店員として出会い、のちには恋人同士になって、一緒に店で働くようになってからも、千春とユウはここで毎日の挨拶を交わしてきたので、なんとなくそれが続いている。

お疲れ様、とかにする方が普通なのかな、と思いながらも、変わらない部分があるのが嬉《うれ》しくて、千春も笑顔でおはようと返す。

ユウはすでに制服姿だ。千春も厨房に入る前に身支度を整えている。

「今日の仕出しだけど、二十食分のうち大人用の一食分はアレルギー対応に変更になったよ。お子様用が二食分なのは変わらず。アレルギーの詳細はこちらにあるので、卵の扱いは気を付けて――」

ユウはメモを見ながら簡潔に指示していく。千春も同じくメモを確認して、頭にあった作業手順を少し組み替える。

「じゃあ、今日もよろしくお願いします」

ユウがそう言い、千春もよろしくお願いしますと返す。

そしてそれぞれの作業が始まった。

一緒に働き始めてもう一年近い。一緒に暮らし始めてからは三ヶ月ほどだろうか。

千春は時間を意識して壁の時計を見上げた。時計のそばにはカレンダーもある。カレンダーには店の定休日以外何の印もつけられていないが、千春の心の中でははっきりと十月のある日に印がついている。

その日に婚姻届を出そうとユウと決めたのだ。

別に挙式の予定があるわけでもなく、住む場所も働く場所もこれ以上何も変わらないから、戸籍が一緒になったからといって何か生活に変化があるわけではない。とはいえ、結婚するのだ、と思うと、恥ずかしいような嬉しいような気持ちになる。

だが、同時に、その日のことを思うと考え込んでしまう。

ユウに不満があるわけではない。

問題はその日付だ。

記念日だからその日にしようとユウは提案し、千春も記念日に入籍なんて素敵だと同意した。

だが――。

(なんの記念日だったかな～)

千春は、困ったことにその記念日にまったく心当たりがなかったのだ。

山と積んだにんじんを無心でねじり梅に作り変えつつ、千春は日付についてまた考えていた。

(出会ったのはもっと寒い時季だから違うし。お付き合いし始めた日とも違う……お互いの誕生日でもない。なんだったかなあ、本当に全然思い出せない……)

わからないなら訊《き》けばよかったのだが、過去のスケジュールでも確認したらすぐわかるだろうと思って問い直す機会を失ってしまった。そして、どれだけスケジュールを確認しても、記録を漁《あさ》っても、なんの記念日かはまったくわからなかったのだ。

「千春さん？」

ユウの声に、千春はびくっと背中を伸ばして手を止めた。

「ねじり梅はそれで充分だよ」

「おっとっと……」

気付くと千春の目の前には大量のねじり梅が出来上がっていた。確かに、煮物に入れる分としては充分二十人前あるだろう。

「ごめん、作りすぎちゃった」

「いや、これくらいでいいよ。お子様用にも入れるし……でも、ぼうっとしてたみたいだね。大丈夫？　考え事？」

「えっ、い、いや……なんでもないよ？」

我ながらちょっと言い方がぎこちなかった気がする。

ユウは心配そうな顔をしている。

千春は、なんでもないよ、入籍予定日がなんの記念日かわからないだけ——などとは言いにくく、ささっと視線を逸《そ》らして作業に集中するそぶりを見せるしかなかった。


カレンダーをちらちら確認してしまう。

ユウが仕出しの配達から戻ったタイミングで小休憩として、千春はユウが休日に作ったパイを温め直した。さつまいもとバターをたっぷり使ったフィリングはしっとりとして、パイ生地との相性もいい。濃い目に淹れたコーヒーと一緒に出すと、ユウもほっとした顔だ。

「美味《おい》しい……秋ってなんでも美味しい。ユウさんが作るものだから美味しいのは勿論なんだけど、バターとかも夏より美味しく感じる……」

「バター？」

「そう。身体が冬に備えて脂肪を蓄えようとしてるのかもしれない」

ユウは興味深そうに千春を眺めて、コーヒーを啜《すす》った。

「季節で好まれる料理は違うけど、その視点はなかったなあ……」

「秋っていいなあ――」

そう言いかけたところで、千春は思いつくことがあって言葉を切った。

この流れで、記念日についてそれとなく尋ねることはできないか……？

「あ、秋はほら、これから結婚記念日にもなるんだね……」

「……そうだね」

照れているのか、ユウの返答は短い。目が合うと微笑んだ。優しそうな雰囲気の顔だが、笑うといっそう柔らかな、華やかな印象になる。千春もつられてにこにこと笑って、それから自分が言おうとしていたことを思いだした。

「それで、結婚記念日なんだけど、この日ってどう呼ぼうか？　その、二重の記念日でしょう、だから……」

これなら自分がなんの記念日か覚えていないという真実を明かさずにそれとなく記念

日の確認をできる……と千春は考えたのだ。

ユウはおかしそうにふふっと笑った。

「結婚記念日、だと思ってたけど。何か別の名前で呼びたい？」

そう返されることは想定していなかった……。

千春は観念し、謝って記念日を覚えていないと白状しようかと思った。

だが、その時、店の方から何やら物音が聞こえてきた。がんがん、という音はシャッターを叩《たた》く音ではないだろうか……そして、声も聞こえてくる。

「あれっ、何かな」

千春はそう言って腰を上げ、ユウも立ち上がった。

「僕見てくるよ。ゆっくりしてて」

ユウはそう言ったものの、客にしても騒々しい物音で、千春はどうにも気になった。

厨房に出たユウに、千春も続いた。

「おっ、あんたら店員さんかい？」

店には、四十代くらいの男性がいた。

半分閉まったシャッターを潜《くぐ》って、開店前の店に勝手に入ってきている。

骨張っているがすらっとした身体付きで、背中を真っ直ぐ伸ばしている。スラックスにセーターというラフな格好だ。

「店長は？」

声は大きいが、特に怒っているとかいうわけではないようだ。

ユウが前に出た。

「私です。何かご用でしょうか？」

だが、そこで男性は、えっ、と大きな声を上げた。随分ショックを受けたような顔でユウを指差す。

「お兄さんが……？　それじゃあ、熊さんはどうしたんだい？　熊野さん……」

「ああ、熊野は今日は少し外出しておりますよ。熊野にご用でしたか？」

「あっ、生きてんの!?」

いや、生きてますけど!?　と千春は喉元《のどもと》まで出かかった。

男性は、安堵《あんど》したように、はあ〜と長く息を吐いた。

「先に言ってくれよ。死んだのかと……まあ、結構年だったからさ。いや、元気ならいいよ。でも、じゃあ、代替わり……ってこと？　息子さん……？　孫って年じゃないよな？」

「いえ、血縁では……」

「へえ〜、それじゃあ熊さんが見込んだんだ」

結構がんがん喋《しゃべ》る人だ。悪意はなさそうだが、こちらが喋り終える前に自分の言葉を被《かぶ》せてくる。

ユウの方は気にした様子も見せずに朗らかな態度で話し続ける。

「開店は十七時からですが、お弁当のご相談やご予約でしたら今承ります」

「ああ、いや、ちょっと懐かしくてさ」

そう言いながら、男性は店内をぐるりと見回した。

千春も釣られ、壁に貼られたオススメ商品の貼り紙とか、近所のコーラスサークルのメンバー募集の貼り紙とか、観楓会《かんぷうかい》のお誘いの貼り紙とか、雑誌と書籍の棚とか、丸い椅子とかに目を向けた。熊野が若い頃に建てられて、多少改装しながらも数十年間使い続けられてきた建物だ。店内を照らす蛍光灯はLEDとなり書籍の並びも変わっただろうが、この男性が通っていた頃の雰囲気はまだ残っているのだろう。

「……おっと、仕事の邪魔して悪かったな」

「いいえ、熊野も開店時間頃には戻りますから、また是非いらしてください」

「そうさせてもらうよ。今もまだあのコロッケと玉子焼きあるの？」

「ええ、ございます」

そう答えたユウに続けて、千春も自信たっぷりに言った。

「熊野からもお墨付きをもらっていますよ」

「へえ、そりゃ楽しみだ……お二人さんはご夫婦？」

突然相手の問いが自分の個人的な部分に向かってきて、千春は顔に熱が集まるのを感じた。

「いえ、そのう……」

「はい」

千春とユウの返答はほぼ同時だった。言葉を濁してしまった千春は、ぎょっとしてユウを見る。ユウも少し決まり悪そうに千春を見やって、言い訳するように言った。

「あの……もうすぐ結婚するから、一緒だと思って」

「そ……そうですね」

こういう微妙な時期に微妙な話題を振らないで欲しい……と千春は思った。思っただけで言葉は飲み込んだが、男性の方は何故か訳知り顔で言い張った。

「そういうのはいけねぇよ、さっさと結婚しちまいなよ。うだうだ悩む暇があるなら、届け出しちまえばいいんだ」

他人《ひと》の結婚を随分適当に言ってくれる……千春の中でこの客の印象は徐々に悪化していたが、できるだけ表に出さないようにして表情筋を引き締めた。ユウの方はもっと自然な笑みを浮かべている。

「ありがとうございます。婚姻届を出す日にちは決めていますので、悩んでいるわけではないんです」

普段なら、ありがとうございます、そうしますね、くらいで済ませそうなものだが、今日は少し長めに付け加えている。顔には出ていないが、さすがに少しイラッとはしているのだろうか。

だが、そこにまた男性は嚙《か》みついてきた。

「だからさ、その日にちを待つ……っていうのが微妙なんだよ。ついつい色々考えて、本当にいいのかなとか思っちまうんだから。思い切ってぱっと出しなよ、婚姻届くらい」

婚姻届くらい、ではないのだ。

千春が彼の物言いにうんざりしてきて、開店前であることを理由に追い出せないかと考え始めた時、ピンポンとタイミング良く玄関チャイムが鳴った。

「あら、お客様ですね。すみません、失礼致します」

千春はそう言って居住区の方へ向かった。

男性は、まだ何かユウに話していたが、千春が別の客を連れて戻ると、さすがに口を噤《つぐ》んだ。

玄関でチャイムを鳴らしていたのは、黒川《くろかわ》だった。

千春は黒川から受け取ったずっしりと重い袋を手に戻って、ユウに報告した。

「ユウさん、黒川さんが、生栗持ってきてくれましたよ」

「お友達がねえ、たくさん分けてくれたんですよ……あれっ」

そこで黒川は目を丸くして、先客に見入った。相手も同じような、ぎょっとした顔で黒川を見て、二人ほぼ同時に口を開いた。

「黒川……？」

「ユザワ？」

彼らは一拍の間を置いて互いに駆け寄ると、相手の腕を叩いたりして、再会を喜んだ。

「大学以来だなあ！」

「うわーっ、全然変わってない！　いつ戻ってきたのさ？」

「三日前だよ。最近親父が死んで……」

「えっ、それは残念だな……」

黒川はそのまま絶句して肩を落としたが、ユザワと呼ばれた客は、随分明るく言った。

「まあ、俺もほとんど帰ってなかったんだけどな、今回は実家の整理でな」

「ああ……大変だな」

「いやあ、全然終わらねえなあ。しばらく週末通うよ」

黒川はその辺りで他者の存在を思い出したのか、ユウたちを見て、旧友を紹介した。

「これ、僕の学生時代の友達……ユザワです。遊ぶに沢で、遊沢《ゆざわ》ね」

遊沢も黒川もラフな格好だったこともあって、同年代の二人はなんとなく似通った雰囲気があった。背格好も同じくらいだろうか。

よろしく、と言う遊沢は、目尻《めじり》に皺《しわ》を作って先程よりも愛想良く笑っていた。

千春の声はひっくり返ってしまった。

「えっ、遊沢さんも幹事をするんですか？」

遊沢が二十年ぶりにくま弁を訪れて、二週間。

先週末も実家の整理で札幌に来たと言って、弁当を買っていた。思い返してみるとその時去り際にチラシを凝視していた。この季節に町内会で毎年催行される、観楓会のチラシだ。

観楓会とは要するに紅葉の季節の宴会だ。一般的に、北海道の観楓会は泊まりがけで山など紅葉の綺麗《きれい》なところに行き、宴会をして参加者の親睦《しんぼく》を深める行事であり、紅葉狩りとは少々異なる。

今年も熊野は町内会の観楓会に参加予定で、幹事は黒川……のはずだ。

「黒川さんが急に忙しくなったみたいで、一緒に幹事やってくれる人探してたんだよ。誰もいなかったら俺が手伝うかなって思ってたんだけどさ、遊沢さんが……」

外から帰ってきた熊野が、冷えた指先を湯飲みで温めながらそう言った。

営業前の夕方、いつもの賄いの時間帯だ。熊野はこれから友人と食事に行くからとお茶だけ飲んでいる。千春とユウの前には、野菜フライ、冷や奴、きのこと肉味噌《みそ》入りの和風ミニオムレツ、浅漬け、けんちん汁、ご飯。残り野菜や常備菜でユウがぱぱっと作ってくれた。品数が多いのにどうしてそんな短時間でできるのか……？　と千春は首を傾げてしまう。

汁椀《しるわん》を置いたユウが、心配そうな顔をして言った。

「遊沢さんは、週末しかこちらにいらっしゃらないんですよね？　大変じゃないですか？」

「まあ、俺もそう言ったんだけどさ」

千春は遊沢の顔を思い浮かべた。

（なんか苦手な感じの人なんだよねえ……）

客に対して好き嫌いを意識するのはよくないのだろうが、何しろあの第一印象だ。

あの後は店の昔馴染《なじ》みと顔を合わせて楽しそうに話している様子をよく見るから、交友範囲は広いようだし、黒川とは特に親しそうだった。友人の黒川が困っていると知って、一肌脱いだ……ということなのだろうか。

「それで、遊沢さん気合い入れちゃってね。温泉宿も宴会場もぱっと予約してくれて、その上希望者は日中に定山渓《じょうざんけい》で紅葉狩りだってさ」

「紅葉狩り！　いいですねえ」

千春は羨《うらや》ましくなってそう言った。

観楓会は紅葉そっちのけで宴会がメインということが多いようだが、折角紅葉の季節にその名所に行くのだから、紅葉を見られる方が喜ばれるというものだろう。良い行程に思えた。

「……あれ、聞いてないの？」

熊野は千春の顔を不思議そうに見つめて、それからユウの顔を見て、やはり彼がきょとんとした顔をしていることに気付いて、あれれ、と額を叩《たた》いた。

「なんですか？」

ユウに問われて、熊野は答えた。

「昼はうちの弁当だってさ。十五人前だったかな……？　注文来てなかったかい？」

「……来てないですねえ。それはいつですか？」

熊野は日付を口にした。ちょうど定山渓なら紅葉が見頃と思われるベストシーズンだった。

そしてその日は、千春とユウの入籍予定日だった。

日付を聞いた千春は思わずユウを見やった。ユウも同じタイミングで千春を見ていた。

その時、店舗のシャッターががたがたと鳴った。聞き覚えのある声も聞こえる。

「はーい、今行きます」

ユウが箸《はし》を置いて厨房《ちゅうぼう》に出て行った。気になって千春も後に続く。

案の定、半分開けたシャッターの下を潜《くぐ》って、遊沢が入ってきたところだった。彼の背後では開店準備のため自動ドアが開けっぱなしになっていて、すっきりとした秋の空気の匂いがした。

ざっくりとしたアラン編みのフィッシャーマンズセーターを着た彼は、片手を上げて千春たちに挨拶《あいさつ》した。

「やあ。こんにちは」

「こんにちは、遊沢様」

「実は今度観楓会があるんだけど……」

と遊沢が語り出したのは、やはり想像通り、紅葉狩りに行く際の弁当を作って欲しいという依頼だった。

「どうかな、そういうのも受けてくれるって聞いたけど」

「ええ、まずはご予算や個数についてお話をお伺いできますか？　また、どのようなお弁当がよろしいのか、リクエストがあれば……」

「どんなのがいいかはもう決めてるんだ」

なんだかうきうきした様子で、遊沢は語った。

「食べたらびっくりして、感動する、そういう弁当だよ。俺を泣かすような弁当を作ってくれ！」

それは……まあ、そういう弁当を作れたら良いとは思うが、もう少し具体的にならないのか？　千春は胸の内が顔に出そうになった。遊沢の口調は軽く、へらへらと笑っている。たぶん、具体的なイメージは彼の中にもなくて、なんか凄《すご》いものがいいな、という漠然とした希望で言っているのだ。

千春は内心辟易《へきえき》してしまったが、ユウはそうでもなさそうだ。

「かしこまりました」

ユウはいつものなんでも受け止めてしまう笑顔であっさりとそう言った。

ユウは毎回そう請け負ってなんとかしてきたが、今回ばかりは千春は不安な気持ちが強かった。何しろ定義が曖昧《あいまい》だ。いや、これまでもそういう曖昧な注文を受けたことはあったが、相手が遊沢だというのも千春には不安材料だった。彼がどんなことで「泣く」のか千春は知らないし、きっとユウも知らないはずだ。そもそも、遊沢が本当に泣かされたいのかは疑問が残る。千春が思うに、彼が求めているのは、漠然とした「凄いもの」だ。少し横柄なところのある遊沢が、いざ受け取る段になってごねだしたら……というのが怖かった。もっと細かく具体的に注文を固めていく方が無難だ。

だが、千春が警戒して話を聞いていても、ユウはそこまで話を詰める様子はない。紅葉の時季の特別弁当のサンプルを見せ、この予算ならこのくらいの内容で……というのを確認したものの、具体的な話を聞き出そうとはしない。もっとこう……好きなものとか思い出のおかずとか確認しなくていいのかと千春が目で語りかけても、ユウはそっと微笑みを返すだけだ。

「黒川が魔法の弁当ってうるさくてさ。俺も何か注文してみたかったんだ」

そう言って、上機嫌で帰る遊沢を見送ると、千春はすぐにユウに尋ねた。

「ユウさん！　大丈夫？　あの……もっと、好きなものとか聞き出した方が良いんじゃない？　私、黒川さんに連絡して聞いてみようか？」

「え？　でも、これは紅葉狩りのお弁当でしょう。みんなで食べるものだから、遊沢様の好みだけ反映されててもあんまり良くないんじゃない？」

「う……まあ、それはそうか……」

「遊沢様は、故郷の仲間と早く馴染《なじ》みたくて、幹事を引き受けたんじゃないかな。みんなが楽しめるお弁当になったら、きっと喜んでくれると思う。僕たちは普段通り、精一杯作るだけだよ」

「うーん……」

遊沢が本当にそんなことで素直に喜んでくれるのか、千春はまだ不安だった。

だが、こうしていつも通りのユウを見ると、出会いが酷《ひど》かったとはいえ、ここまで遊沢の性根を疑うのも悪い気がしてくる。ユウの言う通り、普段と同じように、紅葉狩りにぴったりのお弁当を作る……それが一番良いのかもしれない。

「……わかった。でも、あの……その日は……」

「うん、入籍ね……」

ユウは少し照れたように頰を掻《か》いた。

「えーっと……午前中は忙しいだろうから、お弁当のお届けが済んでからにしようか。それでいいかな……？」

「うん、勿論《もちろん》」

千春も照れてしまって、なんだか口数が少なくなった。

「おーい、俺もう行くけど……」

千春とユウが見つめ合った時、熊野が休憩室から顔を出してそう声をかけてきた。千春とユウと二人同時に、はいっと大きな声で返事をして、顔を見合わせ、慌てて食事のために休憩室に戻った。

北海道では栗はあまり育たない。寒冷な気候が適さないらしい。

今日の栗は道南にある果樹園から黒川が送ってもらったもので、水に浸《つ》けて虫喰《むしく》いの有無を確認してから冷蔵庫でじっくり寝かせて甘くした。何しろ量が多いので栗の皮剥《かわむ》きだけでも大変なのだが、熊野も加わって三人で頑張った。

これをつやつやの餅米《もちごめ》と一緒に蒸し上げれば、栗おこわのできあがりだ。今回はナラタケの炊き込みごはんも作って、それぞれ梅の型を使って盛り付けた。

他にもこの季節の弁当らしく、芋類、きのこ、百合根《ゆりね》、秋鮭、いくら等々、秋の食材が盛りだくさんだ。刺身はこれからだが、焼き物の鴨のローストはすでに盛り付けてある。ぎんなんの鮮やかな黄色も美しい。

「はあ～、綺麗《きれい》……食べちゃいたい」

千春の呟《つぶや》きが聞こえたのか、ユウが隣でくすりと笑った。

「だって美味《おい》しそうで……」

「わかってるよ。あ、そろそろ仕上げないと」

ユウが壁時計を見上げて言った。ここから定山渓まで五十分程かかるので、余裕を持って早めに出発する予定だった。本来、そんな遠方まで届けることはないのだが、どうしても日程的に朝店で受け取るのが難しいということで、相応の配達料をもらって届けることになったのだ。

お届け先は、定山渓にある足湯付きの休憩所だ。こぢんまりとしたそこを貸し切って、食事を外から持ち込ませてもらうことで話をまとめてあるらしい。

さあ最後に刺身を用意しようか……という時、熊野が休憩室の方から厨房へひょいと顔を覗《のぞ》かせた。

「ユウ君、千春さん、これ忘れたらダメだろ」

熊野が持っているのは、クリアファイルだ。中身は婚姻届と身分証明の書類だった。

「あ、それは帰ってから出しますよ」

ユウがおっとりと言った。忘れないようちゃぶ台の上に置いていたのを、熊野が見つけて持ってきてくれたのだろう。

だが、熊野は盛大に顔をしかめた。

「いや、届けを出してから出発した方がいい。昼から飲んでる酔っ払いの中に飛び込んでいくことになる。絡んでくるバカがいるかもしれねえ。この季節の定山渓なら道だって渋滞する。疲れて帰ってうっかり二人揃って忘れるかもしれねえだろ。大事な日なんだ、やるべきことは早めにやっときな」

「大丈夫ですよ、夜間も受け付けてくれますし……」

「待って、ユウさん」

笑って聞き流しかけたユウに向かって、千春は神妙な顔で申告した。

「私、この手のことで自分を信用してない……何か、こう、すごいやらかしをしそう……うぅん、そうでなくとも、事故とか何かあって提出できなかったらって思うと……」

「…………」

ユウもそう言われて真面目な顔になった。時計をもう一度確認する——かなり余裕のある時間だから、たとえこれから役所に立ち寄っても間に合うだろう。

「……わかりました。今行ってきます」

「そうしておきなよ。最後の仕上げと車に積み込むのはやっておくよ」

「ありがとうございます！　行こう、千春さん」

「うん！」

市役所なら、駐車場の問題で車より地下鉄で行った方が良い。

必要書類を持って、千春はユウと一緒に店を出た。

こんなふうにばたばたと婚姻届を出すことになるとは思っていなかったが、とにかく今日、結婚するのだ。

今日が元々何の記念日なのか相変わらず千春は思い出せないが、それでも今日はこれからユウと千春の記念日になる。

さっきまで仕事に集中して半分以上忘れていたが、急に嬉《うれ》しさがこみ上げてきた。

「ユウさん」

千春は少し先を行くユウの手に自分の手を絡めた。ユウがハッとしてその手を握り返してくれる。その瞬間目が合って、互いに照れがこみ上げてきたが、喜びが勝って笑い合った。

秋の空気は澄んでいる。骨身に染みるような真冬の寒さはまだ遠く、しかし冷たい風が火照《ほて》った顔を撫《な》でていくのは気持ちが良い、そんな素晴らしい季節の真ん中で、千春とユウは息を切らせて駅へ向かった。

日々の寒暖差が木々の葉を赤く色づかせる。

一番冷え込む夜明け前の早朝と、太陽が高く昇って空気が充分に暖まった午後とでは、気温差は十度以上になる日もある。

勿論定山渓と札幌市街地とでは気温差があり、定山渓の方が紅葉も早く気温も低い。それでも、今日は暖かくなりそうだな、と千春は背中に太陽の温もりを感じながら思った。

「よっと」

通常の弁当の重さは一折数百グラム。今回の仕出し弁当はボリュームがある上、容器も松花堂弁当用の仕切りのある漆器を使い、さらにそこに陶器を組み合わせているから、それよりは遙かに重い。

万が一にも斜めにしたら大変なので、千春は慎重にばんじゅうを持ち上げた。腰を痛めないよう全身を使う。少々遠距離だったため、熊野が用意してくれた刺身は取り分けて、クーラーボックスに入れて持ってきている。こちらは現地で盛り付けだ。

「大丈夫？　普段より重いんだから、僕やるよ」

休憩所のオーナーと話していたユウが駆け戻ってきて、千春の手からばんじゅうを取り上げた。千春は軽い方のばんじゅうを運ぶことにした。

休憩所は国道から少し山の中に入ったところにあった。こぢんまりとしているが、よく手入れされた庭があって、幾つか趣向を凝らした足湯がある。遊沢がオーナーと知り合いで、今日の昼の時間だけは貸し切りにしてもらえたらしい。

「はあ～……」

千春は感嘆の声のような、溜息《ためいき》のようなものを漏らした。

道中の紅葉も見事だったが、色づく山を背負うこの休憩所も素晴らしい。真っ赤なモミジが秋風に吹かれて積み重なる中、野鳥の声が響く。足湯を囲んで心地よいソファが置かれた屋内も、四阿《あずまや》の下の足湯も、四季折々の美しさがあるだろう――だがやはり、この季節の定山渓は格別だった。

いつのまにか、モミジが背の高いユウの頭にも載っていた。ユウはちょうど弁当をばんじゅうから運び出して座卓に並べていた時で、身をかがめた拍子にハンチングからひらりひらりとモミジが落ちていった。

「あ！」

向かいで同じく弁当を並べていた千春は、モミジが蓋《ふた》の上に載る前に、手を伸ばしてそれをなんとか受け止めた。握《にぎ》り潰《つぶ》しそうな勢いだったが、幸いにしてまだ砕ける程乾燥しているわけではなく、千春の手の中には小さな赤いモミジの葉が残った。

「いい季節だねえ……」

そのまま捨てるのも勿体《もったい》ない気がして、千春はそれをポケットにそっとしまい込んだ。一緒に洗濯しないように気を付けよう。

そこへわいわいと話す人の声が近づいてきた。

ちょうど弁当の支度が終わったところだった。

千春はホッとして身体を起こし、黒川らを出迎えた。

「こんにちは～！　あっ、もう用意できてるんですね。ありがとうございます！」

先に入ってきた黒川が弁当を見てそう言い、続いてやってきた参加者たちも、ほとんど顔見知りだったため、皆口々に楽しみだと言ってくれた。

黒川は若い方だったが、一応三十代くらいのもう少し若い人もいた。全体的には六十代くらいの男性が多そうだった。何歳かわかりにくい若々しい高齢女性も数名いて、和《わ》気藹々《きあいあい》と話しながら座った。掘りごたつになっていて、足を伸ばせるのが助かるという声が聞こえた。

「あれ、熊さんは？」

後から入ってきた遊沢が、休憩所内を見回して言った。

「今来ますよ」

そう、熊野も一緒に定山渓に来ていたのだ。今は車に荷物を取りに行くと言って外しているが、熊野はこのまま観楓会に参加する予定だ。

その時ちょうど、話題の熊野が、一泊分の荷物を詰めたショルダーバッグを肩にかけて休憩所に入ってきた。

「やあ、熊さん。待ってましたよ」

遊沢が嬉しそうに言ってから、ユウと千春に向き直った。

「じゃあ、みんな揃ったところで――結婚おめでとう！」

千春とユウがなんのことかわからずぽかんとする間に、わっと周りで声が上がって、盛大な拍手が起こった。集まった観楓会の参加者たちは皆口々におめでとうと千春たちを祝福してくれる……そう、千春とユウを。

「えっ、な、なんで知って……」

千春が上擦った声で尋ねると、黒川がちょっと申し訳なさそうに答えた。

「ごめん、話の拍子で僕が遊沢に伝えて…………そしたら、みんなでお祝いしようって話になって」

なるほど……確かに黒川と熊野には日にちも言っているし、常連たちも千春とユウが遠からず結婚するという話は知っている。それがたまたま観楓会の日に重なったから、それならば……と遊沢がサプライズを計画したということらしい。

企画者の遊沢は満足そうににこにこして、あらかじめ用意していたらしい紙袋と花を千春とユウに渡してくれた。千春は花を受け取り、ユウが紙袋を受け取った。花はプリザーブドフラワーで、バラやマーガレットが様々な濃度のピンク色に染まっていた。白い陶器に山盛りの花が飾られて、それが透明のフィルムとリボンでラッピングされている。可愛らしくも美しく、千春は驚きに目をまん丸く見開いたまま、花に半ば埋もれながらも、礼を言った。

「あ、ありがとうございます……」

紙袋を受け取ったユウの方も似たような感じで、口々にお祝いを言って色々話しかけてくる参加者たちに礼を返すので精一杯のようだ。参加者は全員千春とユウの顔見知りで、店の常連も多くいた。

千春は、結婚することは家族を除けばごく個人的なことだと思っていたので、こうして町内会の人々にサプライズでお祝いされるなんて想像もしていなかった。勿論《もちろん》嬉《うれ》しくもあるのだが、驚きのあまり呆気《あっけ》にとられてしまって、舌がもつれてうまく喋《しゃべ》ることさえできない。

そんな千春に気付いてか、熊野が集まる参加者の中に割って入った。

「ほらほら、そんな風にいきなり囲まれたらユウ君も千春さんもびっくりするだろう。だいたいいつまでくっちゃべってんだい。刺身が温くなっちまうよ」

千春はユウと目を交わして、改めて二人で頭を下げた。

「皆さん、ありがとうございます」

千春がそう言うと、ユウも続けて言った。

「ほんの少し前に婚姻届を出したところで……今日を皆さんにお祝いしていただけて、

とても嬉しいです」

ユウの方も咄嗟《とっさ》のことでそれ以上の言葉が出てこない様子だった。二人でもう一度目を合わせ、思い切ってそこでまた頭を下げてほとんど同時に言った。

「これからも、私たちとくま弁をよろしくお願いします！」

言った内容も事前に話し合ったかのようにまったく同じだった。それがおかしかったらしく、参加者たちは笑いだし、砕けた雰囲気になった。

千春はホッとして、ようやく花を愛《め》でる余裕ができた。ピンクと白のバラがメインだが、可憐《かれん》なベビーピンクからより濃い色まで微妙に異なる色合いで作られ、その色の違いが繊細なグラデーションを作り出している。プリザーブドフラワーということは、枯れることもなく綺麗《きれい》に取っておけるのだろう。どこに飾ろうかなと考えると胸が浮き立つ。

ふと見上げると遊沢と目が合った。彼は誇らしげに笑っていて、思わず千春も笑顔を返した。

❄

すでに遊沢の音頭で昼食が始まっていた。

だが、ユウはその遊沢に捕まって、彼の隣に座らされていた。

挙式の予定はないと言うと、遊沢は何故かがっかりしたような顔をした。

「なんで？　挙げればいいだろ、記念になるぞ」

すかさず、隣に座る黒川がその遊沢の脇を突《つつ》いた。

「別にそんなの人それぞれだろ。他人《ひと》の結婚式にまで口出さないんだよ」

「記念にはなるだろ。周りから祝福されて後には引けなくなった状態の方が離婚とかしにくそうだし」

「こら！」

黒川から叱られ、遊沢は不服そうに唇を尖《とが》らせた。

「まあ、そりゃ俺の問題じゃないけどよ。それじゃあ、お相手はそれでいいのかって話よ。ほら、千春さんさ」

「二人で話し合って決めましたので……」

「そんなの、千春さんが本当にそう思ってたのかはわからないだろ。ユウ君のお母さん海外だって聞いたよ。簡単に来られないだろうし、それで遠慮したとかじゃないの？」

ユウは瞬《まばた》きして、完全に想定していなかった話をなんとか理解した。

「それは……考えていませんでしたが……千春さんなら、そういうことを考えていたら話してくれるような……」

「そういうものじゃないって。ほら、よく女の人ってさ、察して欲しがるって言うだろう？　こっちから色々考えてあげなきゃさあ、言われたことだけじゃダメなのよ」

「はあ……」

遊沢の向かいに座っている熊野が、おちょこをトンとテーブルに置いた。

「遊沢君はそのくらいにしときなよ。ユウ君も真面目に聞かなくていいから。遊沢君、聞きかじったことを知った風に言うんだよ。昔から変わらねえんだから」

「言い方ひどいですよ熊さん！」

「だいたいさあ、遊沢君は強引なんだよ……結婚をお祝いするのだって、ユウ君たちの事情だってあるのに、サプライズがいいって聞かないもんだからさあ……」

「いいじゃないですかサプライズ！　エッ……う、嬉《うれ》しくなかった……？」

突然自信を失ったらしく、青ざめた顔になった遊沢を見て、ユウはつい噴き出しそうになった。

「いえ、嬉しかったですよ」

「よ……よかった」

だが、熊野はそれで済ませてはくれなかった。

「じゃあ千春さんは？　いきなり入籍したその日にサプライズなんてどうなのさ。本当はユウ君と思い出作りたかったかもしれないのにさ」

「う……」

「いや、思い出にはなってるから大丈夫ですよ。千春さんも喜んでたと思いますよ」

遊沢がどんどん不安そうな顔になっていくものだから、ユウは慌ててそう言った。

だが、そう言いながらも、ユウは千春との話し合いが充分だったのか、今になって不安になってきた。何しろお互いここまでばたばたと来てしまった。両家の顔合わせ、家探し、さらに仕事もなんだかんだ忙しく、この大事な入籍の日もこうして定山渓まで配達だ。

自分が仕事で忙しいのは、正直言って暇なよりはずっと嬉しいし、仕事があるから食べていけるのでありがたいことだと思っている。

だが、休憩も変な時間になって、休日も突然潰《つぶ》れるこの忙しさで、千春を振り回してしまうことに、罪悪感もあるのだ。

千春はどう思っているのだろうか。

ふと見回すと、千春は食事会の会場にはいなかった。車に戻っているのかもしれない。

ユウは立ち上がって、賑《にぎ》やかに食事中の参加者に改めて礼を言い、退室した。

くま弁のロゴを入れたバンには、赤や黄色に色づいた葉が落ちていた。白い車体にそれが鮮やかで、こんな状況でなければ写真でも撮りたかったが、車の中にも外にも、千春はいなかった。

「千春さん？」

呼びかけながら周囲を捜す。来る途中に休憩所のトイレも見てきたが、誰も入っていなかった。庭に出たのだろうかと思って来た道を引き返そうとすると、ちょうど休憩所の建物から出てきた遊沢と行き合った。

「千春さん、いない?」

遊沢は心配そうに見えた。

「はい……あの、庭を捜してみます。遊沢様は戻って皆さんとお食事を楽しんでくださ い」

「いや、いい、俺も捜す」

「えっ? でも……」

「ほら、あの……俺のせいでなんか思うところがあったかもしれないからさ」

ユウはついまじまじと遊沢の顔を見た。遊沢は相変わらず青ざめた顔をしている。どうやら本気で心配しているらしい。

「あの……大丈夫ですよ。本当に、お祝いしてもらえて嬉しかったと思いますし……」

「……いや……うん、今はとにかく捜そう。俺、庭見てくるよ」

そう言って、彼はユウが止めるのも聞かずに庭の方へ走って行ってしまった。ユウは引き留められず、ひとまず今は短時間でも一緒に捜してもらうことにした。

車は置いたままだから、歩いて行ける範囲にいるはずだ。

ユウはどうしたものかと頭を捻《ひね》った。来る途中で見かけたコンビニならぎりぎり歩いて行けるだろうか? それとも……。

数呼吸ののち、彼は歩き出した。

コンビニに行く前に、屋内だ。

トイレにはいなかったが、借りた厨房《ちゅうぼう》の片付けでもしているのかもしれないし、休憩所は広いから他の部屋に迷い込んだ可能性もある。

だが、一通り見て回っても千春はいない。

最後にもう一度トイレを見て、それでいなかったら外のコンビニに探しに行こうと思った時、声が聞こえてきた。

STAFF ONLYと書かれた扉の向こうからだ。

ユウはつい強くノックをした。すぐに扉が開いて、オーナーの女性が出てきた。

十ほど年上とおぼしき彼女は、朗らかに笑った。

「あら、旦那《だんな》さんの方ね。今奥さんと話してたんですけど……」

「ユウさん」

その後ろから、ひょこっと小柄な千春が顔を出した。明るい色合いの髪がふわふわと揺れるのが最初に見え、それからいつもと変わらぬ顔が、ユウを見てにこりと微笑んだ。

ユウは全身から力が抜けそうだった。すぐに外を捜している遊沢に言わなければと気付いて、オーナーへの挨拶《あいさつ》もそこそこに、今度は外に駆け出した。

「えっ、ユウさん、どうしたの？」

「ちょっと待ってて、すぐ戻るから！」

　ユウは休憩所の大きな掃き出し窓から庭に出て、そこにあったサンダルを突っかけて周囲を見回した。微《かす》かに声が聞こえてくる。遊沢が千春を呼ぶ声らしい。ユウは声の聞こえてきた方向へ向かった。

　建物の角を曲がると、垣根のそばに千春を捜す遊沢がいた。

　遊沢に千春が部屋で見つかったと伝えると、彼はへなへなとその場に尻餅《しりもち》をついた。

「よ、よかった……！」

　心の底から安堵《あんど》しているようだ。見ると、垣根の隙間から外に出られるようだが、その先はすぐに谷底に落ち込んでいる。さほど高いわけではないが、落ちたら怪我では済まないかもしれない。きっと遊沢はここに千春が落ちたのではないかと心配していたのだろう。

「どうしたんですか？」

　そこへ千春がやってきて、座り込む遊沢とそれを立ち上がらせようとするユウを見て、不思議そうな顔で尋ねた。

　遊沢とユウは顔を見合わせて、笑ってしまった。

❄

「私がどこに行くと思ったんですか？」

千春は呆《あき》れてしまった。顔にも態度にも言葉にもそれが出てしまったようで、遊沢もユウも気まずそうだった。

近くには美しく紅葉したモミジやイチョウ、サクラの木があり、垣根の向こうに目を向ければ、川の向こうに色づく山が見える。空は晴れて、空気は澄み渡り、鳥の声が聞こえる、本当に美しい場所だった。

乾いた落ち葉を踏んで歩くとベンチがあった。千春はそのベンチに座ったが、ユウも遊沢も所在なげに突っ立っている。

何をどう考えたら、千春がショックを受けてその場を急に立ち去ったというような話になるのか——遊沢は千春がサプライズを不快に思ったのではないかと心配したようだが完全に杞憂《きゆう》だし、ユウが心配する結婚式だのなんだのという話も同じだ。

「でも、いきなりいなくなったから……」

遊沢が申し訳なさそうな顔で反論してきた。

「それはオーナーの古澤《ふるさわ》さんと話をしていただけです。お茶とお菓子を勧めていただいて……まあ、ユウさんに何も言わずに悪かったとは思いますけど……遊沢さんにも捜してもらってしまって……」

話すうちに、千春も少し調子が落ちてきた。

「……一言、言った方がよかったですね。心配かけてすみません」

「いや、俺が捜したのは勝手に俺が心配しただけなので……」

遊沢はますます狼狽《ろうばい》している様子だ。千春はその様子を見て、この人はどうしてこんなに心配してくれたのだろうと不思議に思った。

「……サプライズのお祝いちゃんと嬉しかったですよ。そりゃ、びっくりはしましたけど、サプライズなんですからそういうものじゃないですか。そんなふうに心配されるほど、私って不機嫌そうに見えましたか？」

「そうじゃないんだけどさ……俺のせいでユウ君と千春さんが仲違《なかたが》いしたら、かなり気まずいだろ。熊さんにも言われたし……」

熊野に何を言われたかは知らないが、結構ショックだったらしい。遊沢はしょぼくれて見えた。

「あのう、僕からも……」

今度はユウが、おずおずと手を挙げて口を挟んできた。

「今日、せっかくの記念日なのに、朝から仕事で申し訳ないなあって……」

「あ、ごめん……」

発注者である遊沢が肩身が狭そうに謝った。

「いえ、こちらのことなので……とにかく、僕の仕事で千春さんのことも振り回してるのが申し訳ないとは思っているんです」

千春はぎょっとした。なんとなくそれは違うんじゃないかと思ったが、うまく言葉にできずロをぱくぱくと開いたり閉じたりして……しかる後になんとか言語化した。

「私は、自分がユウさんの仕事に振り回されているとは思ってないんですよ」

風が一瞬強く吹き抜ける。今度はカツラの葉が落ちかかってきた。千春は口に入った髪の毛を手で押さえ、少し怒った目でユウを見上げた。

「くま弁の仕事は私の仕事でもあるんですよ。私が他人事《ひとごと》で振り回されてるみたいに言われるのは、悲しいです」

ユウはハッとした顔で千春の目を見返した。

「ご……ごめん。そんなつもりじゃなかったんだ。あ、いや……でも」

言葉の意味を深く考えるように、ユウは沈黙した。どう理解したらいいのか悩む様子にも、自分の思考を覗《のぞ》き込んでいるようにも見える。

「僕は、まだ、どこかで千春さんを巻き込んでる、みたいな考えがあったんだと思う。これは僕の人生で、仕事で、そこに千春さんを巻き込んでるっていう。でも、これは千春さんの人生でもあり、仕事でもあって……」

ぽつぽつと言葉を選びながら彼は話していたが、そこで眩《まぶ》しいものでも見るかのように千春を見つめた。

「千春さんと僕は一緒に生きて、一緒に働いているんだ」

そう言うと、嬉《うれ》しいな、と優しく囁《ささや》く。

千春は自分の言葉から、思わぬ言葉が返ってきて、面食らっていた。一緒に生きて、一緒に働いている。その言葉は今の自分たちにぴったりのように思えた。

「……うん」

千春はようやくそう頷《うなず》いた。

ふと気付くと、その時には遊沢の姿はすでになかった。

どうやら、ユウと千春が話している間に屋内へ戻ってしまったらしい。

「あれっ」

ユウも気付いて、周囲を見回して呟《つぶや》いた。

「戻っちゃった……みたいだね」

考えてみたら、新婚夫婦の結構恥ずかしい会話を聞かせていた。嫌気が差したのかもしれないし、二人にしようと思ってくれたのかもしれないし……どちらにせよ、気恥ずかしくて千春は後で謝ろうと思った。

「あの……ところで、オーナーさんと何を話していたの？」

「ああ、どうせなら定山渓で一泊したくて……」

ユウに問われてそう答えたが、声に出すとあまりに浮ついた話に聞こえて、気まずくなってしまった。

「紅葉がすごく素敵だから……でも、急に泊まりたくなっても、この季節には難しいかなあって……」

千春は言ううちに浮かれているのが自分だけだったような気がしてきて、やや小さな声で続けた。

「勿論《もちろん》、仕事で来てるのはわかってるけど。でも、今日はもうお休みだし、明日《あした》もお休みでしょう。なかなかこんなタイミングないし……ちょうど良い機会かなあって」

くま弁には不定休の月一回の休みと、毎週の定休日がある。今日は結果的に仕事が入ったが、元々は入籍予定日だったから不定休の休みを予定していた。明日はくま弁の定休日のため、連休となる予定だったのだ。

「うーん……でも、休前日だし……どこか見つかった？」

そう、明日は祝日なのだ。

「何軒か教えてもらったところ。これから電話してみようと思ってて」

「じゃあ、連絡先半分ちょうだい。電話してみるよ」

「……それって、つまり泊まっていいってこと……？」

「いいんじゃないかな？　僕らが婚姻届出してる間にお店の片付けは熊野さんがしてくれてたし、戸締まりもしてるし……」

「やったあ！」

思わず千春は大きな声を上げ、そのせいかどうかわからないが、近くの木から野鳥が飛び去った。

「あっと……あの、嬉しくて」

「うん。僕も。ずっと忙しかったから、ゆっくりしたいなって思ってたんだ」

「そうだよね、忙しかったなあ。休日もなんやかんやあったし、まだ冬服段ボール箱の中だし……」

ベンチから立ち上がろうとした千春に手を貸して、ユウは顔をしかめた。

「あれはさすがに片付けた方がいいと思うな。段ボール箱と衣装ケース両方あると場所取るし……」

「うっ……はい……」

「僕も手伝うよ」

「えっ、悪いな……」

「いいよ、別に。指定された場所に入れるだけでよければ」

「ありがとう……」

ユウと並んで、千春は微妙に色合いを変える赤や黄色の落ち葉を踏んで歩いた。乾燥した落ち葉はかさかさしているのに、踏むと足の裏にふっくらと柔らかく感じられた。吸い込んだ空気に、僅《わず》かに冬の気配を感じた。


白い車体には、赤や黄色の落ち葉が積もっていた。

雨が降っているわけではなかったので、少し風が吹くとそれらの落ち葉は舞い上がってどこかに飛ばされていく。

「食事終わるまで待ってないとね」

車に乗り込んだユウが、そう言って休憩所の方を見やる。車の窓を開けていたため、賑《にぎ》やかな笑い声が漏れ聞こえてきていた。

食器は食事の後で回収することになっているが、あの様子からするとかなり盛り上がっているらしい。まだしばらく時間はかかりそうだ。

「あっ……漆器とか洗っておかないといけないよね」

「ここの厨房《ちゅうぼう》借りられるって聞いてるよ。洗わせてもらおう」

千春はほっとして、また景色を眺めた。

ぼうっと待っていなければいけない状況だが、周囲が美しく、空気も綺麗《きれい》で、ここで待つのはまったく苦ではなかった。

「ユウさんは記念日に仕事があることを心配してたけど、私は素敵なところに来られて良かったと思ってるよ」

「それならよかった」

助手席の自分を見つめるユウの目は優しく、千春は彼に嘘……とまではいかないが、ごまかしていることがあるのが後ろめたく感じる。

「えっと……」

「ん？」

さすがに言おう。

千春は、意を決した。

「今日、結婚記念日になったわけだけど……他にどういう記念日だったかな～っと……」

「そりゃ……あっ、言ってなかったっけ？」

ユウは別に呆《あき》れるとか怒るとかいうこともなく、ただ意外そうな顔でそう言い、それから考え直した様子で、申し訳なさそうな顔をした。

「いや……考えてみたら、僕は覚えてるけど、千春さんは覚えてなくても仕方ないことだし……そっか、それは言いにくかったね。ごめんね」

「いやっ、そんな全然……こちらこそ、ごめん。すぐに聞けばよかったけど、覚えてないの悪い気がしてここまで引っ張っちゃった」

「いいんだ。今日はね、おにぎりの日だよ」

「……は？」

おにぎりの日なんて日があるのか？　千春は自分とユウの個人的な記念日だと思っていたので、驚いて声を上げた。

だが、ユウはその反応を見て、慌てて否定した。

「あ、違うよ、一般的なおにぎりの日は六月十八日で……」

おにぎりの日は別にあるのか……。

日付がすっと出てきたことに一瞬動揺してしまったが、どうやらユウの意図としては、千春が当初考えていた通り、ユウと千春の個人的な記念日……らしい。

だが、おにぎりの日なんて、どういうことだろう？

「う～ん……もうちょっと、ヒントを……」

「いや、クイズじゃないから」

ユウは呆れ気味の顔で笑った。

「ほら、千春さんが初めて僕におにぎりを作ってくれた日だよ」

「私が……？」

「ぴりっと辛いやつね」

そう言われて、ようやく答えに辿《たど》り着いた。

山わさびおにぎりだ。

千春がユウと出会ってまだ一年経っていなかった頃だ。

くま弁を閉める閉めないという騒動があり、その時千春は何も食べていないというユウのために、おにぎりを作った。黒川の家の冷蔵庫にあった、山わさびの醬油《しょうゆ》漬けを入れて。

「うわっ……確かあれ、形もいびつで……熱くてうまく握れなくて」

「すごく美味《おい》しかったよ」

「……………」

ユウにきらきらと輝く笑顔で言われて、千春は卑下できなくなった。

千春自身としては、あれからおにぎり作りもかなり上達したと思っている。何しろ何年も前の、自炊も大してしていなかった頃の作なのだ。

それでも、ユウとしては千春があのおむすびを結んだ日こそが、結婚記念日にしたいくらい特別な日だったのだ。

しばらく千春は沈黙した。ユウからの愛情を感じて嬉《うれ》しいような、自分のしたことをユウがそこまで喜んでくれたことが幸せのような、いやいや、やはりいびつな山わさびおにぎりが自分たちの記憶に永遠に刻まれることが少々忌々《いまいま》しいような……。色々な感情がこみ上げて、声も出せずに百面相をしていた。

ちらっと見ると、ユウは笑っている。彼はずっと笑っている。にこにこと幸せそうだ。そりゃあのおにぎりは彼の作品ではないので、ただ美しい思い出として大事にできるのだろう。

千春はその整った顔の、頬を突《つつ》いた。

「今はもっと上手に作れるんだからね」

「わかってる」

わかってくれているのなら、もう今回はいいことにしよう。

千春はそう割り切って、ふと時計を見た。さすがにおなかが減ってきたが、宴会はまだ終わりそうにない。

とはいえ、自分たちがどこかに食事に行くほどの時間はなさそうだ。何しろこの季節だ、どこの店も混んでいて、すぐに席に案内してもらうのは難しいだろう。

ぐるる……という低い音が自分の腹から聞こえてきて、千春は小さく悲しい溜息《ためいき》をついた。

「あ、お弁当あるよ」

「本当!?」

物憂い表情をしていた千春がいきなり摑《つか》みかかりそうな勢いでそう言ったので、ユウはびっくりした様子だった。

「う、うん……ほら、後ろの座席」

「うわっ、気付かなかった！　嬉しい～！」

千春は早速車の後部座席からバスケットを取り出した。

遊沢が注文した松花堂弁当のおかずと似ているが、陶器の器も使わず簡略化したものだ。

だが、そこには千春の好物がたくさん詰まっていた。

玉子焼き、里芋やねじり梅やレンコンの筑前煮《ちくぜんに》、鴨のロースト、栗おこわと山菜おこわ、茄子《なす》の田楽、鮮やかな黄色になるまで炒《い》ったぎんなん……。

「あっ、これお肉入ってるやつだ……！」

玉子焼きに箸《はし》をつけた千春が気付いてそう言った。

「あの頃の僕もそうだったんだけど、遊沢さんって、なかなか本心口に出せない人なんじゃないかな」

千春が玉子焼きを口に入れた時、ユウがそう呟《つぶや》いた。彼は弁当を見て何かを思い出したらしい。

「あの頃……って、山わさびおにぎりの……？」

「そう。今回も、千春さんのこと本当に気にしててね。きっと、本当はもっと……その、心配症というか、そういう人なんじゃないかな」

「ああ～……」

言わんとするところはわかる気がする。

初めて会った時もそうだったが、遊沢は基本的に態度が大きい。それは自分の不安を隠すためのものかもしれないということだ。思い返せば、今回の観楓会の幹事立候補もそうだ。彼は何か不安を抱えていて、それを他人に見せないために、あるいは解消するために、わざわざ週末しか戻ってこないこの札幌で観楓会の幹事をすることにした……というのは、的外れとも言いがたい気がした。

「僕も、人に本心を言えない方で……それは、今も割とそうだと思うけど。でも、ようやく千春さんには色々話せるようになったと思う。遊沢さんも、何かのきっかけでもっと他の人に話せるようになると良《い》いなと思うんだ」

「お弁当も、きっかけになるかな？」

「なると良いなと思って作ったよ」

千春は遊沢たちに作った弁当を思い返す。十五人前の野菜を朝から飾り切りした。栗も剝《む》いた。朝の厨房に漂う出汁《だし》の匂いが好きだ。ユウが調理していた鴨肉の焼き加減も最高だし、ボタン海老《えび》の刺身も美味しそうだった。

きっと美味しいと言ってもらえるだろう。

それから、いくつかの品を見て、懐かしく感じてもらえるとも思う。

彼らはどんなことを話すだろうか。何か、遊沢の、あるいは他の人たちの背中をそっと押すような、元気づけるような弁当が出来ているだろうか。

千春はふわふわと柔らかな玉子焼きを口いっぱいに頬張った。ただでさえ美味しい玉子焼きに、甘塩《あまじょ》っぱい肉の旨みが贅沢《ぜいたく》だ。栗おこわにも箸を伸ばす。ほこほこ、という栗の食感と、もちもちというおこわの食感。寝かせたことで深まった甘さ。

美味しい！

千春は思わず頬を食べ物でいっぱいにしたまま、ユウを見た。千春の反応を覗《うかが》う彼に、千春は笑顔とサムズアップで応《こた》えた。

❄

遊沢が戻ってみると、ちょうど熊野が腰を上げようとしていたところだった。

だが、熊野は遊沢が戻ったのを見るなり、腰をすとんと落として、何食わぬ顔で日本酒を飲んでいる。

「何、どうしたんですか？　トイレなら入り口の方に……」

「そうじゃねえよ！」

熊野は不機嫌そうだ。代わって黒川が説明した。

「熊さん、遊沢が戻って来ないって心配してたんだよ」

「余計なことは言わなくていいよ！」

「ほら、言い過ぎたんじゃないかって気にしててさ……」

遊沢がユウを追って出て行く前に、確かに熊野が遊沢のサプライズに苦言を呈していた。それで遊沢が気にして戻ってこないから、自分も捜しに行こうとして、ちょうど腰を上げたところに遊沢が戻ってきたのだ。

「熊さん……俺の事そんなに好きだったなんて……」

遊沢が茶化すと、熊野が白けたような顔で彼を睨《にら》んだ。

「いい加減にしときなよ、遊沢……」

黒川が心底呆《あき》れた様子でそう言った。遊沢がコップを持つと、黒川がビールを注いでくれた。

「千春さん見つかった？」

「勿論《もちろん》。オーナーとお茶してた。あっ、これ懐かしいな、肉入り玉子焼き」

「遊沢、よく買ってたよね。内心贅沢してるなーって思ってた」

黒川にそう言われて、遊沢は小首を傾げた。

「贅沢か？」

「コロッケとかメンチカツとかのが安いよ」

そうかもしれないが、玉子焼きが好きだったのだ。くま弁の玉子焼きはほんのり甘くて、ふわっとして、少しでも金に余裕がある時は弁当にこれをつけていた。しかも途中から、肉入りの玉子焼きが現れた。これがボリュームがあって、若い頃の空腹にはちょうどよかった。

そういったことを熱心に語っていると、はす向かいの参加者が何かを思い出した様子で割って入ってきた。

「あの時さ、俺、試食付き合ったのよ」

「えっ」

割って入ってきたのは、黒川や遊沢とは一回りほども年上の男性で、くま弁の近所でクリーニング店をしている人物だ。

彼は古くからのくま弁の常連だ。

「熊さんが、若いのがいつも玉子焼き買っていくんだけど、もうちょっとボリューム出してやった方がいいんじゃねえかって言ってさ」

「あんたよくそんなこと覚えてるね……」

熊野が嫌そうな顔をして、手酌でおちょこに日本酒を注いだ。

「いつも玉子焼き買ってく若いの……って、俺ですか？」

遊沢が驚いてそう尋ねると、熊野はどこかばつが悪そうな顔をして、首の後ろを掻《か》いた。

「まあ、ほら……あの頃あんた痩《や》せてたしさ、今もだけど……栄養つけてやらなきゃなって思ったんだよ」

確かに学生時代の遊沢は痩せていた。今でこそジム通いのおかげもあってスタイル良いですねと褒められるが、あの頃はひょろりとして筋肉も脂肪もない状態だった。もっと食いなよと何度か言われたことがあるし、コロッケをこっそりおまけしてもらったこともある。

「あの頃って、食っても食っても太らなくて……」

「あっ！　わかる！　そもそも同じ量を食べられないけど、確実に基礎代謝が落ちているんだよね！」

「運動しろよ」

突然黒川が同意して嘆いている。遊沢はそれを鼻で笑った。

「してるよ。ユウ君とバドミントンとか」

「新婚の邪魔してるのはおまえだったのか……」

「は……邪魔⁉」

黒川は今まで意識していなかったらしく、わなわなと震えて、熊野に意見を求めた。

「ぼっ、僕、もしかして新婚夫婦の邪魔してますかねえ⁉」

「う～ん……まあ、邪魔だったらユウ君ならそう言うだろう……たぶん……」

「うわ～、心配になってきた！　どうしてそんなことを言うんだよ！」

　これは八つ当たりというやつではないか？　遊沢がうんざりして、しがみつこうとする黒川を箸を持ったままの手で払った。

「これも懐かしいねえ」

　別の参加者がそう言った。こちらは熊野の隣に座っていた六十がらみの女性で、やはりくま弁の近所の住人で、元教師だったはずだ。

「ほら、ぎんなん。前にぎんなん拾いに行ったよねえ、中島《なかじま》公園まで」

　黒川の隣に座る三十代の最年少が同意の声を上げた。

「行きました！　俺その時親父と一緒だったんですよ。そんで遊沢さんにも会ったんですよね」

「そうだったっけ？」

「ほらあ、遊沢さんあの時ぎんなん食べられるって知らなくて、何してんのって声かけてきて」

「いや、だって俺んちの近所のイチョウはぎんなん落とさなかったんだよ」

「雄株だったんですね。中島公園とか北大《ほくだい》とか狙い目ですよ、ぎんなん」

　そう言って、本日の最年少は黒川の肩越しににこーっと人懐こい笑顔を見せる。

　肉入り玉子焼きに、塩炒《い》りぎんなん……遊沢は仕切りのついた弁当をまじまじと見た。器に盛り付けられた刺身に焼き物、酢の物に煮物。天盛りにされた刺身のつまさえしゃきしゃきとして瑞々《みずみず》しい。

よく見れば、他にも記憶を刺激されるおかずが何品かあった。

鮭の飯寿司《いずし》に、ナラタケの炊き込みごはん。

「あらっ、これ悦子《えつこ》ばあちゃんのみたい」

別の女性参加者が、飯寿司を食べて声を上げた。

周りの参加者たちも、うんうんと頷《うなず》いている。

「そうそう、悦子ばあちゃんのに似てるよね。あれ、新巻鮭で作っててさ」

「俺が作り方教わってたんだよ」

熊野がそう言うと、周りからわっと文句が飛び出してきた。

「えーっ、ずるいわあ～！」

「なんで熊さんとこだけなんだよ！」

「俺が聞いたら普通に教えてくれたぞ……」

「こっちのキノコも見覚えあります」

遊沢がそう言って、ナラタケの炊き込みごはんを指差した。

「これ……熊さんが採ってきたんですか？」

「まあな。知り合いの山で……あっ、さては俺が毒キノコ採ってきてねえかって心配してるな？」

「いやあ、だって……キノコですし……」

「これは絶対ボリボリだっていう特徴的なのしか採ってないよ。詳しい人にも確認してもらってるし。心配なら食わなくてもいいけどよ」

遊沢は、なおも少し逡巡《しゅんじゅん》したものの、ほんの一口だけ、炊き込みごはんを食べた。

ナラタケは北海道ではボリボリとも呼ばれて、広葉樹や針葉樹の朽ち木などで見つけられる。それこそ、この定山渓でも採れるだろう。ぬめりがあって良い出汁《だし》が出るため汁物に入れても美味《おい》しい。

炊き込みごはんでも、ごはんに染みこんだその旨《うま》みは充分感じられた。

「うま……」

想像以上の味に、思わず呟《つぶや》く。そういえば、以前、それこそ二十年以上前に食べた時も、同じような反応をした。あの時も、おっかなびっくり食べたものだった。熊野が山で採ってきたものだったので、毒キノコと間違えていないかと怖かったのだ。

「変わらねえなあ」

照れ臭くなって熊野を睨み付けてしまったが、熊野は笑っていた。

熊野は、懐かしそうに、目を細めていた。

突然、過ぎ去った二十年前の時間が蘇《よみがえ》り、遊沢はボリボリの炊き込みごはんを口に入れたまま、身体を強張《こわば》らせた。

あまり変わらないと思っていたが、改めて思い返すと二十年前の熊野はもっと若かった。他の人々もそうだ。勿論、黒川や自分も。

学生時代、大して出来も良くなくて、金があったわけでもなくて、それでもバイトなどして自由になる金も増えて、免許を取って行動力も増して、気ままに遊んで勉強してバイトしていたあの時代、あの瞬間。

突然、その空気が目の前に蘇《よみがえ》ってしまった。

(ああ)

二十年ぶりに店に入った時もそうだった。

故郷が懐かしくて、変わっていないと喜んで、変わっているものを嘆いて。

それでいったい、何をしたかったのか。

「俺は」

故郷を出て二十年。社会人として働いてきた二十年。帰れる距離だったが帰ることもなく、親にもろくに会わずにきたこの二十年。

「俺は、帰りたかったんです」

言葉はぽろりと口から出た。

「仕事で辛《つら》いことがあると、もう帰りてえ〜って思ってた。故郷に帰りたいんだと思ってた。でも、きっと、俺は、もう戻れないあの頃に帰りたかったんです……バカやってて……自由で、楽しかった頃に」

なんだか口にするとあまりに惨めで、笑い飛ばそうとしたができなかった。不細工な泣き顔になって、洟《はな》を啜《すす》った。

「どうしたの、大丈夫?」

黒川が心配そうに声をかけてくる。

「だってよ、俺ぁ格好悪い大人になっちまったからよ……」

呻《うめ》くように呟いて、乱暴にシャツの袖《そで》で目元を擦《こす》った。

「親のことだって、家の処分してるうちに俺の知らないもんいっぱい出てきてさ。二十年、そんなに帰ってなかったんだってびっくりしてんだよ。いっつも仕事を理由にして帰ってなくて、向こうから来たら、相手するのも面倒くさがって……酷《ひど》い息子だったよ。俺は誰かと結婚するってタイプじゃないと思ってんだけどさ、でも、実家を片付けてると、あの人らが俺の家族だったんだと……最後の家族だったんだと実感しちまって……」

「遊沢……」

黒川の声が震えていることに、遊沢は気付かなかった。洟を啜りながら、また溢《あふ》れて来る涙を拭《ぬぐ》った。

「俺、なんか今、無性に寂しいんだ」

赤くなった目で、ちらりと黒川を見やる。こんな大勢の前で泣いてしまったことが恥ずかしくもあり、自嘲《じちょう》して言った。

「俺が惨めなやつだってばれちまったな」

「寂しいことは、惨めなことじゃないよ」

間髪を容《い》れず、黒川は言い返してくる。

そして何故か、目頭に手を当てて、俯《うつむ》いた。

「それに……僕も寂しい……茜《あかね》ちゃんがいないから……うう……」

「茜ちゃん？　おまえの娘？」

「そうだよ、もうね、何年も前に出てって寮暮らししてるから。茜ちゃんは遊沢みたいな不良息子じゃないから帰ってきてくれるけど」

「おい」

黒川は、何故か遊沢に共感して涙ぐんでいるようだ。

「贅沢《ぜいたく》言うなよ。おまえはまだ親も元気だし、離れていても娘もいるだろ」

「そこは人による！　僕は娘と暮らせないことがすっごく寂しい！」

「う……」

そう断言されると反論もしにくい。たとえば黒川はもう随分前に妻に先立たれている。最初から結婚なんて考えずにきた遊沢と結婚して失った黒川とでは、勿論《もちろん》孤独の内実は違うだろうが、寂しいという感情は他人に否定される類いのものではないのだ。

「私も旦那《だんな》のこと思い出しちゃった。あの頃に帰りたいって気持ち、わかるなあ。私もそんなことばっかり考えてた時期あったから」

女性参加者の一人が、懐かしむような目でそう呟いた。

それに、隣の女性が相槌《あいづち》を打っている。

「あの時は大変だったねえ」

「ねえ？……あら？」

彼女の隣で、同年代くらいの男性が、目頭を熱くさせている。

「俺もね、なんか……考えちまうね、嫁さんと子どものこと……いや、俺は離婚だけど」

「うちも親を送った時は寂しかったなあ。不仲だったたんだけどねえ」

「同年代もぽつぽついなくなっていくからねえ。この年になると」

諦観《ていかん》を滲《にじ》ませて言う男性は七十代か六十代だろうか。

「そうですねえ。同級生が減っていくのも寂しいものですからねえ」

その向かいで、熊野と同年代の男性が頷いている。

遊沢は、箸《はし》を持ったまま、食べかけの弁当を見つめた。

「俺、ユウ君に依頼したんですよ。俺を泣かせる弁当を作ってくれって。本当に泣かされるとは……ユウ君、凄《すご》いですね……」

「そんな意図的にやってるわけねえだろ」

うんざりした様子で熊野が言って、おちょこをテーブルに置いた。トンと小気味よい音が響く。

「家に帰ったら、そりゃ一人って人もいるだろうさ。俺だってそうだしね。でも、今はみんなで来てるんだから、みんなで楽しめばいいだろう？　ユウ君だって、そうしてほしくて作ってるはずだ」

また手酌でおちょこに注ぐ。自分が注ごうと遊沢が手を出すのを、睨《にら》み付けて引っ込ませた。

「ユウ君だって、千春さんだって、感動で泣かせようなんて考えて作ってるわけじゃねえよ。きっと、単にうまい弁当をみんなで食って、楽しく過ごす手伝いができたら、満足してもらえると思ったんだろう。だから、わざわざ懐かしい惣菜《そうざい》も入れて作ってんだ。話のネタになるだろうってな。それでいいだろうが。今、楽しければ。今、美味《うま》いもの食って、紅葉見て、気ままに集まった仲間と楽しんでるんだから、それで充分だろう」

「熊野さん、意外と刹那《せつな》的……」

呟く黒川に、熊野が胡乱《うろん》な目を向ける。

「折角《せっかく》こうしてみんなで来てんだよ。今そばにいる人との縁を大事にするのの、何が悪いんだい？」

またおちょこを呷《あお》って——そこで遊沢は、なんだかペースが早いな、ということに気付いた。熊野は、トンとおちょこをテーブルに置くと、ふわあ、と大きなあくびをした。

「……熊さん？」

「こっちは朝早くから弁当準備してたんだよ……眠てえなあ、まったく」

眠い、と本人は言うが、なんだか少し頭がぐらぐらしているように見える。

「大丈夫ですか？」

「酔いが回りやすいな」

「年食ったねえ、熊さんも」

皆口々に声をかけている。熊野の方は酔っていないと不満そうだが、さすがに次の一杯は注いでいない。

「でも、酔ってるから素直にそんな可愛いこと言うんでしょう」

参加者の一人がそう言って笑った。学生時代から世話になっている遊沢にとっては、熊野は気心が知れた仲ではあるものの、少し怖い相手だ。その人に向かって可愛いなんて形容が出てきたことに、面食らってしまった。

遊沢は改めて、場に集まった人たちを見回した。昔なじみの者も多いが、あまり話したことのない者もいる。

黒川に次いで親しくしてくれていた熊野が、遊沢に向かって相変わらず怒ったような口調で言った。

「だいたいさあ、なんだって遊沢君は幹事やろうって思ったんだよ」

「それは……黒川が困ってるって……」

「そんだけか？」

そう重ねて問われて、遊沢は否応《いやおう》なく自分と向き合う羽目になった。

幹事をやろうと思ったのは、旧友の黒川が困っていたからだ。黒川を助けたいという気持ちと、黒川にできるなら俺にもできるという対抗心。それに、久しぶりに戻ってきた土地で、誰かから認めてもらいたいと思った。何かを成し遂げたら、二十年分の空白が埋まるような気がしていた。

とはいえ、遊沢はそれを言葉にするような人間ではなかった。そんなことを言うのは恥ずかしい。だいたい、本当は自分でだって認めたくはないのだ。自分が、久しぶりに戻った故郷にいてさえどこか疎外感を抱えている、寂しい人間だなんてことは。

肩にどかっと衝撃があった。黒川が、乱暴に肩を組んできた。人間の腕は結構重い。

遊沢は迷惑そうな顔を向けたが、角度的に黒川はその表情を見ていないようだ。

「そんなのわかりきったことじゃないですか。紅葉見たりごはん食べたり風呂《ふろ》入ったり、自分が考えるベストプランでみんなと遊べるからですよ！　しかも幹事なら遊び倒した上にありがとうって感謝されるし！」

「おま……」

遊沢は、否定のための言葉を飲み込んだ。

黒川に言われたから反駁《はんばく》しかけたが、別に今の言葉は、間違ってはいない。なんとなくうしろめたい気持ちになってしまっていた遊沢の、もっと明るい理由に目を向けた答えがそれだ。

「………ま、そういう感じだけど」

「まあ……わかってるならいいよ」

熊野の言い方が引っかかって、遊沢は訝《いぶか》しげな顔をした。

熊野は、噛《か》んで含めるように、ゆっくりと言った。水を入れたコップを渡され、その揺れる水面を見つめながら。

「だからさ、あんたには、今は俺たちがいるんだってわかってるなら、いいよ。別に、幹事をしなくちゃ仲間に入れねえってわけじゃねえって、わかってるんなら、いいんだ」

「………はい」

返事をしてから、急に恥ずかしくなった。

「いや……別に仲間に入れてほしくて幹事やったわけじゃないですし」

「わかった、わかった」

「わかってますかねえ、熊さん!?」

他の参加者の視線が気になって、ちらっと周囲を見回すと、なんだかにやにやと笑われている気がする。いや、熊野と遊沢を微笑ましそうに見ているだけかもしれないが。

「ぐう……」

ふと気付くとやたら肩にかかる腕が重い。生ぬるい寝息を感じてようやく気付いた。

黒川が、彼の肩に腕を回したまま寝ようとしている。

「なんだこいつ、酒臭い!」

「もう結構飲んでて……」

例の若い参加者にそう言われて、遊沢は愕然《がくぜん》とした。

「嘘だろ、この後まだ予定あるのになんで幹事の片方が酔ってんだ!」

我ながらまったく正論だが、言われた黒川は寝ているので聞いていない。

「なんか忙しくてろくに寝てなかったみたいだから、それで酔いが回るのも早かったのかも」

「いいから寝かせておきましょう。そのうち起きるでしょ」

理髪店の女主人がそう言って、結構力強い腕で黒川を座布団の上に寝かせた。

「それより、いただきましょうよ。美味《おい》しいですよ」

最高齢の男性が、朗らかにそう言った。彼はすでに自分の分を半ば食べ終わっている。

遊沢も、自分の弁当を見下ろして、彼らが懐かしがる鮭の飯寿司を食べてみた。発酵した鮭と野菜と麹《こうじ》が、一体となっている。塩《しょ》っぱいがどこかまろやかさもある。

「これ、誰のって言ってましたっけ?」

「悦子ばあちゃん。近所にはよくお裾《すそ》分《わ》けしてくれたのよ。食べたことない?」

「うーん……子どもの頃ならあんまり好きじゃなかったんで、見覚えある気がするんですけど食べてないかもしれないです」

「今は好き?」

「ええ」

「年を取って良かったわねえ」

自分より随分年上の女性にそう言われて、遊沢は驚いて笑った。

年月が過ぎ去って、良かったことを一つ教えてもらった。

黒川が取り置き予約の玉子焼きを買いに来た時、千春は生姜《しょうが》焼きを弁当に詰めていた。

「いらっしゃいませー」

柔らか生姜焼き弁当の会計を終えた千春が改めて黒川に向き直ると、彼はなんだか少ししょぼくれて見えた。

「あれっ、どうかしましたか？　何か、元気がないような……」

「いやあ……この前の観楓会、幹事なのに寝ちゃってさ……次に気付いたら宿で、めちゃくちゃ遊沢に怒られて……」

「ああ……」

「だから、あんまりお弁当食べられなかったんだよねえ。どうも、遊沢とか他の人が僕の分も食べてたみたい……」

「忙しいのに無理して幹事するからだ」

素っ気なく言い放ったのは、たった今柔らか生姜焼き弁当を買った遊沢だ。存在に気付いていなかった黒川は、びくっと震えて後ずさっている。

「えっ、いたの……？」

「さっきからいただろう。すぐ寝ちまったから、手つかずのおかず多かったよな。美味かったぞ」

「酷《ひど》い……」

遊沢は黒川の呻《うめ》くような抗議を黙殺した。

「ユウ君、千春さん、この前はありがとう。今も言ったけど、美味かったし、何よりみんなと色んな話が出来て楽しかったよ。それに……泣かされたしな」

「そうでしたか」

泣かされたというところには少し驚いた様子を見せたが、ユウは穏やかな笑みを返した。

「遊沢様と皆様に楽しんでいただけたのなら嬉《うれ》しいです」

「お幸せにな」

遊沢がにやっと笑ってそう言う。

「あっ、ありがとうございます」

千春の声は上擦っていた。入籍以来何度もこういったやりとりはしているが、やはり言われるたびに照れてしまう。

「……あのう、遊沢様、またいらしてくださいね」

「ああ、勿論《もちろん》……と言いたいところだけど、実はこの前実家の片付けに目処《めど》がついてさ」

「えっ、それはお疲れ様でした」

「もう？　早くない？」

黒川の声はやや不満そうに聞こえた。遊沢もそう感じたのか、にやにや笑いながら背中を叩《たた》いた。

「そう寂しがるなって。目処がついただけで、まだしばらくは業者呼んだりなんだりやることとある。引退したら戻ってきたいな。まあ、状況次第だけど」

「引退まではまだまだありそうだなあ」

「何、ほんの二十年だろう。前の不在期間と同じだよ」

遊沢はもう一度黒川の背中を叩くと、笑って言った。

「それじゃ、次の二十年後に」

「どうせその前に来るだろ？」

「そうかもな」

遊沢は、手を振って店を出て行った。

苦手な人という第一印象だったし、今でも付き合いやすい人ではないと思う。それでも彼の苦悩というか、離れていた故郷に帰ってきた時にちょっと見栄を張ってしまう気持ちは、千春にもよくわかるのだ。

「肉入り玉子焼き……美味しかったですね！」

去り際の遊沢にそう声をかけると、彼は顔をくしゃりと潰《つぶ》すようにして笑った。皺《しわ》が目立ったが、彼の晴れやかな気持ちが伝わってくるような顔だった。

・第四話・夫婦喧嘩と北海道コロッケ

ポップにデザインされた文字と美味しそうな食べ物の写真が、艶々《つやつや》とした紙に配置されている。

それは去年の「北海道の味覚展」のチラシだった。札幌駅の百貨店で一週間に亘《わた》って開催される催し物で、道内各地の美味しいものを集めた物産展だ。

北海道の物産展は札幌でも人気だ。前回の企画もかなり人を集めたらしい。

前回人気だったのは、道産素材を使ったこだわりのスイーツ、好きな海鮮を選べる勝手丼、知床《しれとこ》牛のステーキ弁当。海産物コーナーには、茹《ゆ》でガニ、イクラの醬油《しょうゆ》漬け、たらこ、本ししゃも、ウニ等が並び、有名ラーメン店が期間中だけ出店し、食欲と好奇心を刺激する実演販売も行われたという。

企画会社が声をかけてきて、今年の冬は、くま弁も出店することになった。

くま弁は何しろ小さな店なので、出店すると通常の店舗用の弁当の製造ができなくなる。そのため、出店は一日だけだ。

そのチラシは、今は千春とユウの自宅リビングのコルクボードに貼られている。

「目玉商品？」

卵を取り皿によそった千春は、しばらくほかほかと湯気を上げる卵を見つめて考えた。

「普段の玉子焼きとか、鮭弁当とかではなく……？」

「そう。周りのお店は色々魅力的な商品を用意してるわけで、その中では玉子焼きって埋もれてしまうんじゃないかなって……」

うーんと考えながら、千春は卵を箸《はし》で割った。熱い黄身が顔を出し、また新たな湯気が上がる。つゆが染みた外側は茶色く色づいている。ふうふうと息を吹きかけ、千春は一口大に割った卵を口に入れた。

（あっ、熱い……）

ひたすらはふはふと空気を取り込み卵と口の中を冷やす。だんだん落ち着いてきて、様々な具材から出た出汁《だし》が卵に染み込み渾然一体《こんぜんいったい》となったおでんというものの美味しさを堪能《たんのう》する。辛子を付け忘れていたことを思い出し、二口目は辛子をそっと微《かす》かに添えていただく。

ユウは熱々の大根を食べている。

自宅のダイニングテーブルにコンロと土鍋《どなべ》を置いて、とろ火で熱さを保ったおでんを二人で突《つつ》いている。ユウの前にはラムコーク、千春の前にはお湯割りをそれぞれ置いて、食べて、食べて、思い出したように飲んで、喋《しゃべ》っている。

千春は、今度はちくわぶをよそう。

「でも、私お客の時も、今もずっと、くま弁の玉子焼き大好きだし、魅力的だと思うなあ……」

「うーん、それはありがたいけど、インパクトがないというか……」

最初は、玉子焼きや鮭弁当など、品数を絞って持って行くという話だった。それで千春は良いと思うのだが、ユウはどうも自信なげだ。

「たとえば、どんなのが『インパクトがある』の？」

「ブランド牛のステーキ弁当とか……海鮮丼とか……いや、勿論、うちの店の方向性じゃないけど、そういうものが人気なわけで、そこに何を持って行ったら戦えるのか、ちゃんと考えないといけないと思うんだ」

確かに、ステーキ弁当も海鮮丼も魅力的だ。千春だって食べたい。

だが、くま弁は、安くて美味《おい》しい、どこかほっとする懐かしさのある弁当屋として、長く愛されてきた店だ。ユウ自身言っていることだが、まさに『方向性が違う』のだ。

それでは、いったい何ならくま弁らしく、インパクトがある商品と言えるのか——。

「……難問だね」

「そうなんだ」

「たとえば……たとえば、玉子焼きのアレンジとか？」

「うーん……」

「明太子、海苔《のり》、お肉、ネギ、色々バリエーションはあるけど……」

「悪くないけど、それは地味じゃないかなって……」

それはまあ、そうかもしれない。千春は唸《うな》ってしまった。

こんにゃく、餅巾着《もちきんちゃく》、大根、がんもにちくわぶ……熱くて火傷《やけど》しそうになるが、その熱さが嬉《うれ》しくて、ふうふうと息を吹きかけ、警戒しながら口に運ぶ。また卵に戻ってきても、千春は良いアイディアを思いつけなかった。ユウにしても同じようで、話題は他に逸《そ》れていった。

ユウから最初にこういう話があって、出店したいと思っているんだけど、どう思う、と聞かれた時、千春は驚いたものの、ユウさんが出店したいなら、一緒に頑張ろうと答えた。新しい物事に挑戦すること自体は、素晴らしいことだったし、水を差すのもいやだった。

何しろ、ユウは千春が働き始めるよりずっと前からくま弁で働いていたし、熊野から店を託されたのはユウなのだから……。

だが、何故わざわざ物産展に出店するのか、千春はまだどうも納得できていない。くま弁の売上げは安定しているし、新規の客も入るし、リピート率も高い。混雑時間帯は外に並んでもらっているくらいだから、正直これ以上混むのはあまりよくないとも感じる。

物産展の売上げは大きいと言われるが、出店料もあるし、単価を高めにしている店ならともかく、くま弁のような手頃な価格で美味しいというのを売りにしている店としては、そこまで売上げが立つだろうかという不安もある。

とはいえ、勿論《もちろん》最初に賛成した時だって、嘘を言ったわけではない。

（この前もこんなことあったなあ）

千春は思わず『記念日事件』を思い出す。あの時も、ユウからの記念日に入籍しようという提案に対して、なんだか気まずくて何の記念日だったか確認できなかった。

今回も、言いたいことが言えずにいる。

このままでは成長がないぞ……と気付いて、千春はがんもどきを飲み込んだ。じゅわっと染み出るおつゆが熱くて美味しい。大好きなお豆腐屋さんのがんもどきだ。

「ユウさんは、くま弁をどうしたい？」

散々考えた末、千春はそう切り出した。ユウは一瞬きょとんとしてから、少し照れたような顔で言った。

「実は……支店を出したいなって思ってるんだ」

「えっ、しっ、支店……」

驚きのあまり、千春の喉《のど》から変な声が飛び出した。

「な……なんで……」

「いや、僕もまだそうしたいなとぼんやり考え始めたところで、もう少し考えがまとまってから話そうと思ってたんだけど……だから、うまく話せるかわからないんだけど」

そう前置きをして、ユウは言葉を選び、時々詰まりながらも説明してくれた。

「小さな店の良さっていうのがあって、くま弁の良さはまさにそういうところだと思うんだ。僕もくま弁のそういうところはこのまま大事にしていきたい。でも、もっと違う形で、くま弁の良さを広げていけないかなと思ったんだ。確かに、これ以上の混雑解消は難しいし、せいぜい空《す》いている時間帯の集客を増やすくらいしかない。それなら、市内の他の場所でもお店を開いて、また別のお客様にアプローチするのも良いのかなって」

千春は何か相槌《あいづち》を打ちたかったが、口の中がやけに乾いていてうまく喋れなかった。口を湿らせようとそばにあったお湯割りを飲み、アルコールの臭気にむせた。

「ごほっ……」

「大丈夫？　その……びっくりさせたみたいでごめんね」

「い、いや……大丈夫」

何度か咳払《せきばら》いをして、千春は声の調子を整えた。

「えーっと……あの……でも、じゃあ、誰か支店の店長を雇うってことだよね？　建物も借りないといけないし、あと……」

「いずれにしろ、お金が必要だよね」

なるほど……。

意外な話が出てきて驚いたが、そういう考えなら、今回の出店もうなずける。成果を出して、集客できるとなれば次回以降も声がかかるだろう。資金も稼げて、知名度も上がる。腕試しにもなる。

「いや、勿論、まだ何も決めてないし、今回の出店がうまくいったら、千春さんにも相談しようと思ってたところなんだ」

相談が遅れたことを気にしているのか、ユウは申し訳なさそうな顔をしている。千春も相談のタイミングに悩みそうな話だなというのはわかるので、それは良いのだが、とにかくユウの考えが意外だった。勿論、あの小さな店舗で今のやり方を貫くなら、規模を大きくするには支店を出すくらいしかなさそうだが、そもそもユウが規模を大きくしたいと思っているというのが意外だったのだ。

「お店をもう一つ持つってことは、あの……色々不安も増えない？」

「うん。だから、どうかなって、これから考えていきたいんだ」

そう言われて千春も想像してみた。くま弁の支店……オフィス街か、住宅街か、駅前か……小さなお店だろうか？　あるいは、コンセプトを変えてもっと広くするだろうか？　店長はどんな人だろう。今のくま弁は本店とか呼ばれて、本店で修業をした人が店長になる……とか？　もしかしたら、人材育成にもユウは興味があるのかもしれない。以前くま弁で働いていた桂《かつら》が店を辞めてパティスリーで働き始めた時、ユウがなんだか寂しがっていたのを覚えている。

それは、ユウ自身の挑戦にもなるのだろう。

千春はユウと目を合わせた。ユウは審判が下るのを待つ子どものような、少し不安そうな表情で、口元を緊張させていた。千春からの審判だ。そんなの馬鹿らしい――自分たちは確かに結婚して人生を分かち合うことになったが、だからといって千春がユウを審判するようなことはない。逆もそうだ。

「……わかった。じゃあ、そのつもりで味覚展に臨まないとね」

千春がそう言うと、ユウはホッとした……というよりは、少々拍子抜けしたような顔をした。

「ありがとう。あの……色々試作してみたいと思ってるから、千春さんにも試食の協力をお願いしていい？」

「勿論！　ユウさんのごはん大好きだから！」

思わず食いついてしまった。真面目な顔から一転、よだれを垂らしそうになっていることに気付いて、千春は赤面した。ユウは今度こそ、安堵《あんど》したように微笑んだ。


好みの焼き加減を選べる最高級道産牛のステーキ丼に、噴火《ふんか》湾のホタテやボタンエビ、旬のハッカク、ヒラメ等を使った海鮮丼。さらには、今では高級魚となったキンキの塩焼きを入れた贅沢《ぜいたく》な冬の味覚弁当。

試食会はくま弁の休憩室で開催された。と言っても試食しているのは千春だけだ。

ちゃぶ台の上に並んだ料理は、どれも当たり前のように美味しい。素晴らしい焼き加減の肉汁滴るステーキも、北海道の冬の魅力をこれでもかと詰め込んだ海鮮丼も贅沢で華やかで美味しくて文句なしに最高だ。かつてはよく食べられていたというキンキは、香ばしく焼かれた色鮮やかな赤い皮の下から、風味の良い脂の乗った身がふっくらと顔を出し……捌《さば》く前に見た時は金目鯛《きんめだい》に似ているなと思ったが、もっと脂が乗っていて、しかもその脂が美味《おい》しい。これが昔は大衆魚だったのか……と千春は衝撃を受けてしまった。ちなみにユウは塩焼きの他に煮付けも作っている。

では、価格はどうだろうか。

千春は目の前で反応を待っているユウと目を合わせないように、手元のキンキを見つめて考えた。

勿論、普段通りの値段では売れない。原材料費から考えて、どれも二千円やそれ以上となるだろう。単価が高いのは重要だ。何しろ、今回は出店料がかかるし、店舗を休んでの出店なのだ。

問題は、それがくま弁の弁当として良いのかどうかだ。

身近で素朴でほっとする……くま弁の弁当は、そういうものだった。注文を受ければ豪勢な花見弁当も仕出しも作るが、やはりくま弁の弁当の根源はそこなのだ。熊野やユウの人柄が伝わってくるような、そういうものであってほしい……と千春は勝手に思っている。

そう考えてみると、この弁当は、確実に『よそ行き』な気がする。

別に『よそ行き』が悪いわけではないが……。

うーん、と呻《うめ》いたきり黙り込んでしまった千春を前にして、ユウは落胆した様子だった。

「あっ、いや、美味しいよ！　本当、それは本当に……ただ、結構高くなるのかなあとか……そういうのが気になってて」

「今回は単価高めになるけど、そこは仕方ないかな……」

「うん……」

これはくま弁の弁当だ、あれは違う、みたいなことをするのはなんだか嫌だった。それはくま弁の可能性を潰《つぶ》すようにも思えたし、そもそもそういったことを言う自分がひどくわがままで面倒な客のように思えた。

「こっちとか、塩焼きと煮付け、どっちが良いかな」

あまり反応が良くない千春に、ユウの方が積極的に尋ねてきた。

「う〜ん……両方作る？　手間が増えるかな」

「まあ、そうだねえ……お弁当の種類は増やしたくはないんだけど」

「それなら、私は塩焼きかな。煮付けも美味しいけど、結構こってりした味付けになるから、まずはシンプルに味わってみたいというか――」

色々と話しているうちに、ふとユウが自分を見つめていることに気付いて、千春は途端に動揺してしまった。感想の一部を隠していることに勘づかれたのかと思ったが、そうではなく、ユウははにかむように微笑んだ。

「ありがとう。やっぱり千春さんに試食してもらってよかった」

「こ……こちらこそ、ごちそうさま」

一瞬言葉に詰まったが、そう言うと、ユウは皿を片付けようと立ち上がった。千春はなんとなく申し訳ないような気持ちを引きずったまま、後に続いた。

「なんか難しいー！」

千春は布団にぼすんと顔を埋《うず》めた。

布団乾燥機でほかほかにした布団はこのまま寝るとさすがに暑すぎるが、畳んだ上に倒れたくらいだと温かくて気持ちが良い。普段ならこのままうとうとしてしまったかもしれないが、今日はそんなゆったりした気持ちではいられない。

試食会から三日経った。味覚展まではまだひと月ほどある。

ユウは今は買い出しに行っている。最近忙しかったから、ゆっくり家で美味しい物でも食べて過ごそう……と言っているが、実際のところ味覚展の試作も兼ねているのはわかっている。

試食会の後も、ユウは他の物産展や前回の味覚展での人気商品を研究し、料理を作っては千春に食べさせている。

勿論《もちろん》、普段の仕事に加えてやっているのだ。睡眠時間や休憩時間や余暇を削ってのことだ。千春もできるだけサポートしているものの、料理人としての経験もセンスもひらめきも千春にはないので、どうにもできないことが多い。

結果、試食をして、意見を捻《ひね》り出すくらいしかできていない。

役に立っているのかよくわからないし、そもそもユウの頑張りを見ていると、大して味覚が優れているわけでもない自分がユウの料理に意見を言うなど良いのだろうか……という考えが湧いてくるのだ。ユウは、きっとそんなこと気にしないでいいと言うのだろうが。

ユウが戻るまで、あと三十分ほどだろうか。

これからの三十分間、布団に埋もれたまま過ごすよりも建設的なことはなんだろうか。

「……あ」

千春は思いついて、フーディーのポケットに入れていたスマートフォンを掴《つか》み取った。

連絡帳から友人の番号を選び、発信する。

相手はすぐに電話に出てくれた。

『はーいよ』

「将平《しょうへい》さん？　私、千春です。こんにちは」

華田《はなだ》将平はユウの熱心なファンだ。その熱心さゆえに、雑誌に載った小さな写真からユウを見つけ出し、札幌に食べに来たほどだ。

千春の頭に相談相手として思い浮かんだのは、この将平だった。

『おー、久しぶり。元気にしてたか？』

「はい……今いいですか？　ユウさんのことで相談したいんですが……」

『アニキのこと!?』

突然、将平の声が真剣なものになった。千春は誤解させないよう、すぐに説明した。

「ユウさんは元気ですよ！　私がユウさんにどう接したらいいかって話です！」

『……はあ？』

声だけでも、将平が怪訝《けげん》そうな顔をしているのが伝わってきた。

千春が事情を一通り説明すると、将平は数秒沈黙したのちに、大きな声で言った。

『贅沢～!!』

「うっ……」

耳が痛い。いや、実際に声が大きくて耳が痛いのだ。千春は少しスマートフォンを耳から離した。

『アニキの飯を試食できるのに、その状況に悩んでるってことだろ！　羨《うらや》ましい悩みだな……』

「そ、それはそうなんですけど……問題は私の感想で……苦労を目の前に見ていると、率直に言えないというか……」

『千春さんはさあ、結婚してから夫婦喧嘩《ふうふげんか》したことあるか？』

「あっ、それは……してないかも……？」

ユウはそもそも感情的になって声を荒らげるような人ではないので意見が食い違ったりしてもあまり喧嘩っぽくはならないが、まあ、本人たちにとって喧嘩と言っていい状況は、交際以来何度かあった。

だが、一緒に暮らすようになって、婚姻届を出してから、なんとなくそういう状況にはなっていない。勿論、一緒に暮らす以上、意見の相違が目につくことはあるのだが、だからといって喧嘩にはならない。溜《た》め込むのではなく話し合って解決するように努めている。

それは、たぶん勿論良いことだ。互いに気を遣って、相手のことを考えながら生活するのは。

『別に喧嘩なんてしなくても、すれ違ったり誤解したりしねえんならいいけどよ。そうじゃなくて、遠慮して本心が言えないなら、アニキはきっと言ってもらいたがるんじゃねえか？』

将平を呼ぶ声が、電話越しに聞こえてきた。忙しそうだ。

「あの、また電話していいですか？　今日は、ありがとうございました」

『おう、勿論だ。またな、千春さん』

将平は明るくそう言って、電話を切った。

千春はしばらく、将平の言葉をよくよく考えてみた。

話し合うようにはしている……家での暮らしや生活のルール、自分たちの気持ちのこと……だが、仕事のことは別だった。やはりどうしても、自分が口を出していいのか……という思いがわだかまる。ただの客だった頃には素直に言えた感想が、彼の苦労を日々見ていると、だんだん言いにくくなってしまう。

自分より苦労していて、努力している彼に、たぶん千春は引け目を感じている。

「うーん……」

自分は相手のためだと思っていても、実際のところそれが必ずしも相手のためになるわけではないこともある。なんであれ、ユウは千春に本心を打ち明けて欲しいと思うだろう。将平の言う通り、それは確かだ。

徐々に千春の気持ちも固まってきた。

よし、と呟《つぶや》き、布団を綺麗《きれい》に広げてベッドメイクする。

ちょうど、ユウが市場から帰ってきたらしく、玄関のドアを開く音が聞こえた。

「ただいまー」

「おかえり！」

そう言って玄関を覗《のぞ》くと、大荷物を抱えたユウは、千春と目が合って嬉《うれ》しそうに微笑んだ。


ユウがノートパソコンを立ち上げていた。

夕食や片付けを終え、風呂《ふろ》も入り、寝るだけになっていたが、ユウはまだしばらく起きているつもりだろう。過去の物産展の人気商品や人気店を研究し、何かヒントはないかと調べているのだ。雑誌や、ノートやメモもそばに置いて、時折考え込んで呻《うめ》いている。

ダイニングテーブルで資料を広げていた彼は、風呂上がりの千春がキッチンの灯《あか》りを点《つ》けるとすぐに気付いた。

「どうしたの？」

「うん、おなか空《す》いてない？」

千春はそう言って、冷蔵庫を開けた。

「少し……」

「じゃあ、一緒に食べよう」

浸水させてざるに上げた米を土鍋《どなべ》に入れる。黒川が土鍋での炊飯にはまって、千春にも熱心に語るので、千春もすっかり使い方を覚えていた。水もきっちり量って入れて、火にかけて……とはいえいつも火加減が難しい。その日によってお焦げができる程度のこともあるし、お焦げというか完全に底の部分が焦げていることもある。火加減と水分量を間違って、なんだかべちゃっとした仕上がりになったこともある。大量に羽釜《はがま》で炊く店用のごはんともまた違う。

だが、うまくいくと米の一粒一粒が立って、艶々《つやつや》と輝いている。今のところは炊飯器の方が出来が安定しているが、火加減を調整し、音を聞きながら待つ間の緊張感、蓋《ふた》を開ける前の胸の高鳴り、上手《うま》くいった時の感動は土鍋が勝る。

今日も千春はドキドキしてご飯が炊き上がるのを待っていた。匂いを嗅《か》ぎ、音を聞き、コンロの熱を感じながら。

黒川は、音を聞けばわかるとよく言う。千春も懸命に耳をそばだてているのだが、音を聞きつつも結局は時間をきっちり計った方が上手く炊ける……という結論に至っていた。

「……ごはん炊いてるの？」

ユウがダイニングから覗き込んできた。不思議そうな顔をしている。

「覗かないでよ、ユウさん」

「いや、だって、そこまでおなか空いてるとは思わなくて……夕食足りなかった？」

「そうじゃないから！　食べたいものがごはん物ってだけ！」

きちんと訂正しないと明日《あした》から一・五倍くらいの食事を用意されそうだ。

ユウをキッチンから追い出し、炊き上がったごはんを蒸らす間に、具材と水と塩、それに海苔《のり》の準備をする。

蒸らし時間の終わりを知らせるタイマーが、ピピピピ、と鳴った。

ドキドキしながら布巾《ふきん》越しに摑んだ土鍋の蓋を開ける。

「あ……」

湯気の向こうに、炊きたての白米があった。一粒一粒が、蛍光灯の光に燦然《さんぜん》と輝いている。

つやつやのごはんに濡《ぬ》らしたしゃもじを差し入れる。天地を返すように混ぜると、香ばしい香りとともにお焦げが姿を現した。黒焦げではなく、ごく僅《わず》かにきつね色になった底面を見て、千春はホッとした。香りが良いので少々のお焦げが出来るのは歓迎だが、あまりお焦げが多かったり、焦がしすぎて焦げ臭かったりするのは困る。

　ごはんの温度と硬さを確認し、よし、と気合いを入れて手に取る。熱い！　が、濡らした手と慣れのおかげで昔よりは耐えられる。ごはんはやや硬め。おにぎりに最適だ。

　完成したおにぎりを皿に盛って、ダイニングテーブルに置く。

　ユウはずっと落ち着かない様子で待っていたらしい。やっと完成したおにぎりを、不思議そうな顔で見つめる。

「どうぞ。ほら、食べよう」

　千春は向かいに座って、早速一つ手に取った。ユウも、いただきます、と言っておにぎりを一つ取る。まだ温かなおにぎりからは、ごはんの香りとともに、ぺたりと張り付いた海苔の香りもする。食べると硬めに炊いたごはんが一粒一粒ぱらりと解《ほぐ》れる。具材は、つんと辛い、山わさびの醬油《しょうゆ》漬けだ。

「おあっ」

　辛い。

　辛すぎる。

　千春は鼻の奥がつーんとして、目には涙が滲《にじ》んできた。せっかく形良くふんわり握れたというのに、具材を入れすぎてしまうとは。昆布でも入れて中和すればよかったが、今日はあいにくと作り置きがなかった。

お茶を飲もうとしたが、まだ熱くて一気には飲めない。

見るとユウも目に涙を溜《た》めている。

「だ、大丈夫？　水持ってくるね……」

「ううん、大丈夫」

そう答えると、ユウはふと口元をほころばせた。

「懐かしいね、山わさびのおにぎり……」

結婚記念日にしたがったくらいだから、ユウも勿論《もちろん》あの日のおにぎりのことを覚えている。

「あの時、ユウさんがあんまり食べてないって言ってたから……」

「うん。あの時も美味《おい》しかったよ」

「はは、下手だったけど……でも、私はいつもユウさんのお弁当から元気をもらっていたから、ユウさんにお返ししたくて」

「うん……」

またユウが一口おにぎりを食べる。辛かったらしく、目頭を押さえて俯《うつむ》いている。

「あっ……無理しないでね」

「大丈夫。無理なんてしてないよ。これは、あの……」

ユウが瞬《まばた》きすると涙が零《こぼ》れ落ちた。ユウは千春と違って辛いものが苦手ではないはずだ。千春が心配していると、ユウは涙を拭《ぬぐ》って笑った。

「これは感動して泣いてるんだよ」

「そ……そうかなあ……？」

「ふふ、そうだよ。ありがとう、千春さん」

「あっ、いえ、どういたしまして……」

しっとりとした海苔と、ほどよく塩気の効いたごはんと、山わさび。山わさびの辛さは本わさびの辛さともまた違って、どことなく荒っぽく、力強い。

おにぎりを作っていた時、ユウのことを考えていた。

千春は自分の考えをどうユウに伝えようかと悩んでいた。勿論、普通に言ってもユウは耳を傾けてくれるだろうが、自分の言葉よりも、実際目の前にある食べ物の方が、より雄弁に千春の思いを伝えてくれる気がした。

だが――おにぎりを食べるユウを見ていると、それは間違いだったのではないかと思えてきた。

千春が作った物を食べて美味しいと言っているユウに、目玉商品も、そのおにぎりみたいに素朴なものが良いんじゃないかと主張することは、なんだかずるくはないだろうか？

「……千春さん？」

ユウが心配して声をかけてくれる。千春は何も説明できず、項垂《うなだ》れてしまった。

「あの……もしかして、僕に何か言いたいこと、ある？」

わざわざごはんを炊いておにぎりを作った千春を、ユウも内心訝《いぶか》しく思っていたのだろう。

千春は頷《うなず》いたが、まだどう切り出せばいいのかわからないでいる。

「目玉商品のこと……かな。心配させて、ごめんね」

「ユウさんが謝ることじゃないよ！」

「良いメニューが思いつかなくて。色々試してるんだけど、どうも難しいなって」

ユウは笑ってはいたが、自嘲《じちょう》気味で、落ち込んでいるように見えた。

「千春さんをがっかりさせたくないんだけど、うまくいかないね」

千春は驚きの余り声も出せず、ただぱくぱくと魚のように口を開けたり閉じたりした。

「えっ……がっかり……？　私が？　ユウさんに？」

「うん……」

「それ本気で言ってる⁉」

なんと言って切り出したらいいかとか、そういう悩みが一気に頭から吹き飛ぶくらいの衝撃だった。

千春が突然怒ったように見えたのだろう、ユウは困惑した様子だ。

「えっ……うん……」

「ユウさん！」

千春は、椅子から立つとテーブルを回り込んでユウのすぐそばに立った。

「どうしたの、あの、千春さん……」

うろたえるユウの頬を、両手で強く包み込む。やや泳ぎがちの、いつになく自信なげなユウの目と正面から目を合わせ、千春は言った。

「私は、こんなことでユウさんにがっかりなんかしない！」

ユウは千春と目を合わせたまま、声も出さない。頬から手が離れても、ただじっと椅子に座っている。その様子はやけに頼りなげで、弱々しくさえ見えた。彼がこんなふうに思い悩んで苦しんでいるのに、どう切り出そうかなんて、そんな悠長なことを言っていた自分が腹立たしくなってきた。

そして、ユウからの勘違いも、千春には悲しかった。

「ユウさんは、私のこと誤解してる。前にも言ったけど、力不足かもしれないけど、私はユウさんと一緒に働いているつもりだよ。ユウさんができなくて苦しんでるなら、私も苦しむはずだし、ユウさんが責任を感じてるなら、私も一緒にその責任を背負ってるはずでしょう！」

「……千春さんも……」

ユウはそう呟《つぶや》いたきり、黙ってしまった。

不意に千春の手を包み込むように握り、眉《まゆ》を顰《ひそ》めたような顔で笑った。なんだか泣く寸前にも見えた。

「一緒に、背負ってるんだね。そうか……今まで、ちゃんとはわかってなかった気がする」

ありがとう、と。

ユウはそう言って、握り込んだ千春の手をゆっくりと持ち上げ、自分の額に押し頂くようにした。

「うん……」

千春は頷いたきり、相変わらずなんと言ったらいいかわからなくなった。そんなふうに言葉を探してばかりいるから彼を一人で悩ませてしまったのに、今でも自分は言葉を探している。情けなくて、泣きそうになって、そんな千春をユウは不思議そうに見ている。

とにかく、千春は胸に浮かんだ言葉を口にした。

「あの……おにぎり、食べようよ」

千春はそう言って、今度は向かいではなく彼の隣に並んで座った。先におにぎりを手に取って食べ始めると、ユウも続いた。黙々と食べるが、やはり山わさびが多すぎて辛い……。

ちらっと見ると、ユウも涙目で、千春を見ていた。お互いに似たような表情をしていて、呆《あき》れてしまった。

「ユウさん、無理しないでいいってば」

「無理じゃないよ。これは感動してるんだよ、千春さんが一緒に背負ってくれるのが嬉《うれ》しくて」

「はいはい……」

同じ会話を繰り返しながらも、先程よりも素直に言葉が出てくる気がした。

今後も自分は、間違った言葉を口にしてしまうかもしれない、彼を傷つけたりするかもしれない。

だが、自分の思いを伝えなくてユウを一人で苦しませるくらいなら、たどたどしくても、精一杯伝えたい、と思った。

千春は、食べかけのおにぎりを見つめて言った。

「私ね……こういうのが食べたいんだって言いたかったの。山わさびおにぎり。美味しくて、ホッとするもの。高価じゃなくて、珍しくなくていい。でも、ユウさんが嬉しそうに食べてくれているの見てたら、自分の主張通すための材料みたいに扱うのが、なんか違うんじゃないかな～って思えてきて。それで、ちょっと、話すの躊躇《ちゅうちょ》しちゃったんだけど……」

「うん」

ユウは頷いて、話の続きを待ってくれた。

「でも、やっぱり、私はこういうのがいいと思う。それじゃあ単価が安くて商売にならないっていうのなら、もう……出店しなくていいと思ってる。支店を出したいっていうユウさんの気持ちは聞いたよ。応援したいと思った……でも、そのためにくま弁の良さを脇に置くのは良くないと思う」

「良さって……ほっとする、っていうところ?」

「そう。美味《おい》しいのは勿論《もちろん》だけど、身近で、親しみやすくて、ほっとするところ。それって、ユウさんや熊野さんの人柄が出ているんだと思う。だから愛されてきたんだと思う。支店を出すなら、支店もそうであって欲しい。支店のためにくま弁が愛されてきた理由をなげうつのは、私は違うんじゃないか……と思う」

言葉はこれで良かっただろうか、彼を傷つけたりはしていないだろうか……と千春はユウの様子を覗《うかが》った。

ユウは千春の言葉を受けて、思考の中に沈んでいるように見えた。

随分長い時間が経ったような気がしたが、実際はお茶がほどよい温度になった程度の時間だった。

ユウは、自分の心を掬《すく》い上げるように言葉にした。

「僕は、熊野さんがしているみたいに、したかった。お客さんの気持ちに寄り添って、お弁当を作りたかった」

「うん」

「くま弁のそういうところ、僕は好きなんだ。そういうところを、僕も受け継ぎたかった……」

そう言って、彼はおにぎりを見た。千春が作った、少し山わさびを入れすぎたおにぎりを。

「千春さんは、自分が食べたいのはこういうものだって言ってたね……僕が作りたいのも、こういうものなんだよ」

しばらく黙って考え込む様子を見せてから、ユウは口を開いた。

「……僕は今回の出店で、自分の力を試したいと思ってた。どこまでやれるのかっていう……普段と違う環境で、近くにライバル店がいる中でやることで、きっと学べることがあると……。でも、それだけじゃなかったのかもしれないって、今は思う」

「？」

「僕、逆に考えてたんだと思う」

「逆？」

「千春さんと結婚したから……責任を感じてて……それで、支店を出すとかした方がいいんじゃないかって考えてた」

「？　えっ？　どうしてそれが支店に繋《つな》がるの？」

「いや……経済的な部分とか……リスクもあるけど、経営を安定させられたらいいなって……」

「ええ〜っ、そんなふうに考えることないよ。別に、今だって特に困ってることはないし……」

「でも、余裕あった方がいいかと思って……今後何があるかわからないし」

「入院とか？　でも、二人とももしもの時に備えて保険は入ってるし……」

「いや、たとえばその……子どもとかさ」

「あ」

　勿論、結婚前からそういった話はしてきた。家族が増えることについて、二人ともそれなりに前向きだ。

「……その、子どもができたら余裕があった方がいいのはわかるけど、今までだって貯金はできてるし……いや、まあ、学費とかは予算の範囲内に抑えたいけど……」

　小学校からずっと私立に進学、みたいなことは無理だろうが、小さな店でも家族で暮らしていくことはできるだろう、と千春は思っている。

「僕も頭で考えればそう思う……たぶん、僕もまだ自分の中でちゃんと整理できていなくて、ただなんとなく、焦っていたんだと思う。このままでいいのかなって……」

　ユウは苦笑ではない笑みを浮かべ、千春の手を握った。力強く。

「千春さんの考えを教えてくれてありがとう。目玉商品についても、出店についても、このままでいいかどうかについても、全部、一緒に一から考えよう」

　自分の手を握る彼の力強さを感じ、生気の戻ったような顔を見て、千春は心底、よかった、と思った。千春は伝えられたし、彼は受け取ってくれたのだ。それは小さな日常的な奇跡で、この喜びを積み重ねて、自分たちは暮らしていくのだ。

　千春はほうと息を吐いた。全身の力が抜けるようだ。

おにぎりはまだほんのり温かく、辛くて、二人で目を潤ませながらも完食した。


コーヒーの香りが漂う中、二人でダイニングテーブルで話し合った。

ああでもないこうでもないとアイディアを出し合ったがどうにもこれというのが見つからず、状況は膠着《こうちゃく》していた。

ユウが、熱いコーヒーを啜《すす》って言った。

「もう一回最初から考えよう。うちの店って聞いて、思い浮かぶのはやっぱり素朴なものなのかなって。玉子焼きとか、カレーライスとか、焼き鮭弁当とか」

ユウの言葉に、千春も頷《うなず》いた。

「うん。それと、北の味覚展に来てくれるお客さんの求めるもの……ってことは、北海道らしいものとか、限定品とか……」

「そう、限定品はやっぱり良いよね、そこでしか買えないっていう。うちは札幌にあるけど、お店じゃなくて、この味覚展でしか買えないとか、新商品とかで、でもうちらしいっていうのがいいと思う」

ユウは当初『ここでしか買えない』ものとして、ステーキ丼や海鮮丼を挙げたのだろう。それらは確かに美味しいし、普段のくま弁とは違うが、正直言ってそれらはくま弁でなくともいいもので、他にもっとそういう分野が得意な店はすでにあるのだ。そういう店と張り合ってもおそらく勝てない。

だから、くま弁らしくて、それでいて味覚展でしか買えない限定品、というのが良いのだ。

「普段の商品をアレンジするとか……？　北海道らしく……」

以前は玉子焼きを提案したが却下されてしまった。考え方自体は悪くないと思うのだが、具材をもっと北海道らしいものにアレンジしたらどうだろうか……？

それじゃあ、とユウが何か思いついた様子で言った。

「コロッケ……とかは？　それなら、北海道の食材を色々試せるんじゃないかな。とうきび、じゃがいも、かぼちゃ、お肉も……あと、豆とかも良いよね。白花豆とか枝豆とか……」

千春の頭にコロッケを揚げるユウの姿が浮かび——そして、叫んだ。

「実演販売！」

言ってしまってから、夜中に声が大きすぎたのではないかと口を押さえる。

あっ、とユウも小さく声を上げた。

「実演……僕が？」

「そうだよ、勿論！　きっと、足止めてくれるよ。実演はできるんだよね？」

「たぶん……企画会社に相談してみる」

「道産食材をたっぷり使って、熱々揚げたてのコロッケ！　私も行きたい！」

「いや……千春さんは、お店に一緒に立ってね……？」

「えっ？　ああ、うん、勿論、はは……」

完全にただの客として想像してしまっていた。

だが、ユウは何故かその様子を見て、自信を深めたように頷いた。

「千春さんが行きたいって言ってくれるなら、きっと大丈夫。この方向性で良いと思う」

「……そう？」

「お客さん目線ってことだからね」

「そうかなあ……？」

千春は首を傾げてしまったが、ユウは早速、食材の候補をリスト化し始めた。

北海道の味覚展を開催しているせいだろう、デパ地下は、いつも以上の人出で賑《にぎ》わっていた。オホーツクのズワイガニや、噴火湾のボタンエビ、十勝《とかち》のチーズやブランド牛等々……北海道各地の名産が一堂に会し、ちょっとした北海道旅行をしている気分にさえなれる。

わかってはいたが、やはり周囲は華やかで、豪華で、そこにコロッケというのはあまりに目立たないのではないかと千春は朝から気が気ではなかった。

実演販売で足を止める人はいてもすぐにより目立つ他の店へ流れていってしまう。

（もたもたしてたら隣の店に行っちゃう……試食はタイミングよく出さないと！）

隣はステーキ弁当の有名店だった。各地のブランド牛の食べ比べ弁当なんかも出していて、開店早々黒山の人だかりだ。

ユウは黙々とコロッケを揚げる。ふとその前で足を止めた親子連れに、千春は試食用に切り分けたコロッケを差し出した。

「よかったら、お一つどうぞ」

男の子が、父親の顔をちらっと見上げる。父親は、いいよというふうに小さく頷いた。

「いただきます！」

男の子は、元気よく言って爪楊枝《つまようじ》を刺したコロッケに手を伸ばした。

「これ美味《おい》しい！」

南瓜《かぼちゃ》とクリームチーズのコロッケを食べて、にこにこ笑顔の男の子が、二つ目の試食に手を伸ばそうとした。

それを隣の父親が慌てて止める。

「こら、何個も食べちゃダメだよ。他の人の分だよ」

「あ、じゃあこちらの別の味の方も試してみてくださいね」

千春はコーンコロッケを勧めてみた。男の子はちゃんとお礼を言って、コーンコロッケを素早く取って食べた。美味しい、と飛び跳ねる子を見て、他の客も試食に足を止めた。

トウモロコシとごろごろのベーコンがたっぷり入ったコーンコロッケ、インカのめざめという品種のじゃがいもを使った濃い黄色が特徴の黄金コロッケ、白花豆のクリームコロッケ、冬期に寝かせて糖度を増した男爵の牛肉コロッケ、みやこ南瓜とクリームチーズのコロッケ……。

道産食材にこだわったコロッケが、ユウの手によって次々ときつね色に揚げられていく。

「これお豆なんですか？」

「じゃがいも二種類あるけど、違いって何？」

「あ、今食べたコーンのってこれですか？」

「全部二つずつって頼めるのかしら？」

興味深そうに尋ねてくる客もいれば、早速売場のパックに包まれたコロッケを購入してくれる客もいる。

「美味しいねえ」

さほど興味もなさそうに揚げたてコロッケを口に入れ、ふと目を丸くして笑う客がいる。家族の分もと買っていってくれる。それを見るのが何より嬉《うれ》しかった。

やがて、午後に入ると列を作らなければならないほど混雑し始めた。

ユウも千春も一息つく暇もなく、ひたすら揚げて、売って、揚げて……を繰り返す。

その間にも、できるだけ丁寧に接客し、質問に答え、レジ袋にはくま弁の住所入りのカードとチラシを入れる。

一日が終わる頃には、二人ともくたくただった。疲れた身体での撤収作業も大変で、帰宅のために移動することさえ億劫《おっくう》だった。

「はあ……」

持ち込んだ調理道具やら幟《のぼり》やらを抱えて、あるいは台車で運び終えた千春とユウは、よろよろとバンに乗り込んだ。この後今日の売上げを帳簿につけなくてはいけないし、道具の手入れもしなければならない。

だが、今はとにかくお風呂《ふろ》に入りたいし何か食べたかった。

ほぼ休みがなかったユウが疲労のあまり倒れそうだったので、千春が運転席に座った。普段はパティスリーで働いている元バイトの桂が助っ人に来てくれたので、千春の方は多少休憩もできた。

「ユウさん、お疲れ様。大丈夫？」

「うん……」

すでにユウは眠そうで、目を瞬《しばた》かせている。千春はそれ以上話しかけないことにして、黙ってエンジンをかけた。

駐車場を出ると、雪が降っていた。街灯やビルの灯《あか》りに照らされて、白い雪がちらちらと輝く。それほど激しく降っているわけではないのが救いだ。

しばらく運転していると、ユウが口を開いた。

「今日は……なんか、一生分のコロッケを揚げた気がする……」

普段は色々な弁当を作るが、今日はコロッケのみだ。事前にコロッケの素は用意しておいて、それを延々と揚げていった。熊野も調理補助として入っていたが、やはり長時間手伝ってもらうのは腰に悪そうで、ピーク時だけに止《とど》めておいた。

「試食、すごく反応良かったよ」

「うん」

眠そうに頷《うなず》いてから、ユウは呟《つぶや》いた。

「うちは元々薄利多売だけど……」

「今回は、コロッケだけだからねえ」

まず、出店料がかかる。前日からの準備もある。出店料分多少値上げしたが、コロッケであることを考えてそこまで高い値付けはしていない。バイトも来てもらっている。

何より、店を臨時休業にして出店したのだ。今後、何度も出店できるという業務形態ではない、というのがユウと千春の結論だった。

ただ、お客さんは本当にたくさん来てくれたから、話題性はあったらしく、企画会社は喜んでいたそうだ。一日だけの限定出店、限定商品、というのが希少性を感じられて受けたのだろう。

「でも、本当にたっくさん来てくれたよね。嬉しかったな……」

半ば眠りに落ちそうになりながら、ユウは幸福そうな声で言った。運転中だから千春は見られないが、きっと微笑んでいることだろう。

やがて、バンはくま弁に戻ってきた。

熊野が店から出てきて、片付けを手伝ってくれる。やがて完全に寝入っていたユウも起き出して、あくびをかみ殺しながら、段ボール箱を運んだ。

千春は最後に車の鍵《かぎ》をかけて、疲労感と満足感を抱えながら、明るい光に引き寄せられるように、くま弁の裏口へふらふらと入っていった。

❄

話題性があったため次回の味覚展への誘いもあったが、ユウと千春は話し合っていた通りそれを断ることにした。

「勿体《もったい》なくない？」

二十一時頃来店した黒川が、心底勿体なさそうにそう言った。

「いやあ、まあ、続けるのは難しいですね。勉強にはなりましたけど、今の態勢だと店休まないといけませんし……」

ユウがコロッケを揚げながらそう言った。北海道コロッケは味覚展の限定商品のつもりだったが、好評のため日替わりでレギュラー化していた。黒川はユウの手元を覗《のぞ》き込むように、カウンターに肘《ひじ》をつく。

「そっかあ。まあ、目玉商品一つできて良かったよね。この前夕方のTVで紹介されてるのも見たよ！」

「ありがとうございます」

千春は作り置きの玉子焼きをパックに詰めていたが、フライヤーを見る黒川の表情に気付いた。なんだか嬉しそうだ。

「コロッケ、お好きですか？」

「うん？　そうですねえ、好きだし、懐かしいですねえ」

「懐かしい、ですか」

「ええ。昔は、よくここでコロッケ買ったもんですよ。安くて、お腹に溜《た》まるから、若い学生には命綱みたいなもんでね」

黒川は、店内をぐるりと見回した。千春も釣られて見回したが、勿論《もちろん》いつもの店の様子が見えるだけだ。弁当の貼り紙、飲み物の冷蔵庫、丸椅子……だが、きっと黒川には、何か懐かしいものが思い出されたのだろう。今とは少し違う、数十年前のくま弁の姿が。

「美味《うま》かったなあ。はふはふって食べるくらい熱々で、衣はざくざくで、芋がちょっと形残ってるところもあって、挽肉《ひきにく》がたっぷり入ってて」

懐かしむ黒川の説明が、本当に美味《おい》しそうだ。千春は我知らず、ごくりと唾《つば》を飲み込んだ。

「すみません、コーンコロッケ追加で……」

注文を終えて待っていた客が、そう言ってきた。ちょっと照れ臭そうに笑いながら。

「今の聞いてたら、食べたくなっちゃって」

「おっ、僕、売上げに貢献してますね！」

黒川がそう言ってご機嫌に笑う。


弁当とコロッケを購入した客たちが出ていくのを、千春は礼を言って見送った。

「コロッケ、また売れたのかい」

いつの間にか店の片隅に立っていた熊野が、感心したように呟いた。

「はい、人気ですよ。コロッケだけ買っていく方も多いですねえ」

「昔この店は精肉店だったって言っただろう。コロッケなんかはよく売れてね。その頃のことを思い出すなあ」

「黒川さんも、さっき、懐かしいっておっしゃってました」

「そうだろうねえ。俺もだよ。くま弁の原風景だなあって考えてたところだよ」

「原風景……」

千春は、予想外の言葉を噛《か》みしめるように繰り返した。

そう言われてみると、黒川の視線を思い出す。懐かしむように店内を見回していた。

精肉店だった頃のくま弁を思い出していたのだろう。ガラスケースには肉が並び、壁には今とは違う貼り紙があったこの店を。

千春は思わずユウと顔を見合わせた。

アレンジコロッケを開発したのは、味覚展への出店に当たって、新しい目玉商品が欲しかったからだ。さらに言えば、ユウは味覚展を支店出店への試金石にしていた。

だが、新しいことをしようとした結果、新しいことをしつつも、くま弁以前の姿に戻ってきたのだ。

「……意外な結果になったね……」

「なんか不思議な感じがするよ」

そう言って、互いに笑った。

「私、将平さんに感謝しないと」

「将平さん？」

「いやあ……ユウさんになんて言ったらいいかわからなくて、ちょっと相談してて」

「そうなの？　将平さん元気そうだった？」

「絶対近々いらっしゃると思うよ。ＴＶでうちのコロッケ見たってこの前メッセージ来てたから」

話を聞いていた熊野が、一つあくびをした。

「俺はそろそろ休ませてもらうよ」

おやすみなさい、と言って、千春とユウは熊野を見送った。

その時、千春は確かに、熊野の声を聞いた。

「親父のこと思い出しちまったよ……」

あっと思ったが、熊野の声はユウには聞こえていなかったようだ。

千春は新しい客がやってくるまでのほんの少しの間、熊野がいた厨房《ちゅうぼう》の奥から、店の様子を見渡した。ユウが働き始めるよりも、熊野がくま弁を始めるよりももっと前。ここは、熊野精肉店であり、きっと今と同じように、客一人一人を大切にする、小さな、素朴な、温かな店だったのだろう。

確かにユウもそれを受け継いだし、自分もそうなのだということに気付いて、千春は一瞬、胸がいっぱいになった。

もしかしたら、受け継いだものをいつか他の誰かに渡すことがあるかもしれない。支店を出すかもしれないし、別のやり方で次世代に伝えることもあるかもしれない。どういう形かはわからないが、自分もその流れの中に位置しているのだ。

そのことが、嬉《うれ》しかった。

自動ドアが開いてまた次の客が入る。千春は大きな声で言った。

「いらっしゃいませ！」

店をこれからどうしていくか、千春は前よりはかなり気楽にユウと話し合えるようになった。ユウも積極的に色々考えていることを話してくれて、意見を出し合った。

老朽化した建物を新しく建てるか、直すか。支店計画はどうするか。

色々な意見が出たが、とりあえずオフィスなどでの弁当販売を再開しようということになった。

くま弁のバンでオフィスビル等を曜日ごとに回って、弁当販売をするのだ。結構売れ行きは良かったと記憶しているが、店での売上げが上がったことや、桂の退職もあって、一旦《いったん》休止していた。

「でも、仕出しも注文弁当も増えたから、できればもう一人雇いたいんだよね」

閉店後の掃除中に、ユウがモップをバケツの中で洗いつつ言った。

千春は電話台の前で明日《あした》の分の予約弁当を確認しながら、頷《うなず》いた。

「そうだよねえ。もう一人いたら、宅配もできるかもって思うし」

「宅配？」

「そう、デリバリー。昼間はオフィス街に行ってもらって、夕方からはお弁当の宅配。ほら、冬になると、外出が億劫《おっくう》って人も多いでしょう。足元が滑って危ないからとか。それでなくても、外出しにくい人っているじゃない。膝《ひざ》が悪いとか、赤ちゃんがいるとか、看病とか……」

「ああ……なるほど」

ユウは掃除の手を止め思案げな顔だ。

「ランチタイムと夕食時だと、結構間空くよね」

「うーん、やっぱり難しいかな」

「いや、それは色んな働き方したい人がいるから、意外といけるかもしれないよ。短時間ずつ二人雇うという手もあるし」

ユウはそう言いながら、モップをバケツの中で脱水する。

「そっか……割とできるのかな……？」

「まだわからないけど……お給料どのくらいになるかとか、試算してみよう」

「了解、任せて」

千春は予約票を手に休憩室に入った。帳簿はもう付けてある。予約票をざっと整理したら、早速毎月の収支を確認して、バイトを一人雇った時、二人雇った時の計算を始める。いや……そうだ、そもそも、車両は大丈夫だろうか？　結構古くなってきたが……。

「ユウさん、バンって――うわっ」

ユウに声をかけようとして顔を上げると、そのユウが目の前に座っていた。どうやらいつの間にか掃除を終えてこちらに来ていたらしい。驚いてのけぞった千春に、ユウは笑顔を見せた。

「どうしたの」

「いや……気付かなくて」

「集中していたみたいだからね。最近、千春さん、すごく前向きな感じがする」

「ああ、そうかも……なんかね、ユウさんが支店出したいって言った時、びっくりしたけど、でも、新しいことをしようとしてるのは良いなあって思ったんだよ。だから、私も思いついたら提案しようって。それで正直に話し合って、二人ともが良いねって思えたら、一緒に頑張れるでしょう。あ、だから、それはダメじゃないか？　ってところは、ちゃんとユウさんも遠慮せず言ってね」

「うん、わかった」

ユウは数呼吸の後、何か言いたそうな様子を見せた。

「ん？」

「宅配、良いと思うけど、バンの状態が心配かな。最近調子悪いから……結構年数経ってるし」

「それ、私も今考えてた……」

「それに、宅配分の注文が増えると、僕たち二人だけでは回らなくならない？」

「う……」

確かに、今でも結構仕事を回すのが大変なのだ。何か方法はないかと考え、千春はぽそっと呟《つぶや》いた。

「注文受けてから作るんじゃなくて、作り置きを増やすとか……？」

「そこは変えたくないなあ……」

「……そうだよねえ」

それはそうだろう。ユウも熊野もそこは拘《こだわ》っているし、千春だってほかほかの弁当が何より嬉しかったのだから、本末転倒だ。千春はこめかみの辺りをもみほぐした。

「えーと……」

「大丈夫、アイディアは良いし、何か考えよう。たとえば、これまでのやり方をもっと効率的にできるかもしれない。そういうふうに、宅配分も作れるようになればいいんだ。あ、そうだ。ちょっと待ってて」

そう言って一旦席を立ったユウが、皿を持ってきて千春の前に置いた。本日の日替わりコロッケである、男爵と牛肉のコロッケが載っている。低温で貯蔵しデンプンが糖になっていく『よくねたいも』シリーズの男爵を使っている。今日は売り切れたはずだが、取っておいてくれたのだろう。

「今日もお疲れ様」

「これいいの？　ありがとう〜！　ユウさんもお疲れ様！」

揚げたてではないが、温め直してくれたらしく、コロッケはほかほかと温かそうだ。千春が箸《はし》で割ると、男爵がごろっと顔を出した。牛挽肉《ひきにく》がたっぷり入っている。芋と油の組み合わせは最高なのだ。ふうふうと息を吹きかけて食べると、ざくっとした衣と、ほこほこの芋、少し粗挽《あらび》きで噛《か》み応《ごた》えのある挽肉が口の中でそれぞれ大いに暴れ、すぐに一つになり、千春は熱さと美味《おい》しさに目をぎゅっと閉じた。

「ん〜！　これ本当に美味しい！　しっかり寝かせたおいもって、甘みが出て……」

「美味しいよねえ」

ユウも千春が残したコロッケに箸を伸ばし、残っていた半分をひょいと口に入れた。かなり大きな一口になったが、ユウはハフハフと口に空気を送り込みながら、美味しそうに食べてしまった。

「えっ？」

「ん？」

千春が、唖然《あぜん》とした顔をしているので、ユウが不思議そうに小首を傾げた。

「そ……それ、私に全部くれたわけでなく……？」

「……うん。半分こかなって」

「ええええっ、それなら一言言って！　全部食べられるかと思って……」

「いや、僕だって食べたいよ……おなか減ったし」

「単に空腹を満たしたいわけじゃないんだよ！　私の方がユウさんの料理のファンなんだから……」

「僕だって美味しいと思ってるから作ってるんで、自分の料理は勿論《もちろん》好きだよ」

「ファンって感じじゃないよ、それ！　私はもっとこう、情熱が……！」

千春は必死で自分がいかにユウの料理を好きか熱く語ったが、ユウはユウで自分が自分の料理の理解者であることを論理的に説明した。意見は対立して、千春は思わず恨みがましい目でユウを見た。

その時突然、千春は将平に言われたことを思い出した。

結婚してから喧嘩《けんか》をしているかと訊《き》かれたのだ。

今回のこれは、たぶん、いわゆる喧嘩っぽいのではないだろうか。

いや、将平が意図した喧嘩とはたぶん違うのだが——あれはもっとこう、胸襟を開けという意味合いだと思うのだが。

だが、今回の『喧嘩』はある意味自分たちらしくて、千春はついつい笑ってしまった。真剣に語り合っていたはずの千春が笑い出したので、ユウは一瞬呆気《あっけ》にとられたが、すぐに彼もおかしくなったのか、ふふっと笑った。

「そろそろ帰ろうか」

そう言われて、千春もノートパソコンを閉じて、立ち上がった。

「そうだね。帰ろう！」

千春は幟《のぼり》を店にしまい、電気を消して、施錠した。ユウは裏口の確認と施錠だ。

赤い庇《ひさし》テントに描かれた熊が、街灯に照らされているのを見上げ、千春は手を振った。

「また明日《あした》」

不意にあくびがこみ上げてくる。冷たい空気を無防備に吸い込んでしまって、骨まで凍りそうだ。身震いを一つして、千春は我が身を抱えこみ、裏手に回った。

ユウがすでにバンにエンジンをかけていた。

一緒に働いて、帰って、寝て、起きて、それから、たまに喧嘩もする。

そういう日々を重ねて、千春とユウは、新しい日々を生きていくのだ。
まだ見ぬ明日に、千春は胸を弾ませて、車に乗り込んだ。

豊水すすきの駅から徒歩五分。
くま弁は、明日もまた、十七時から開店予定だ。

本書は書き下ろしです。
この作品はフィクションです。実在の人物、団体等とは一切関係ありません。

弁当屋《べんとうや》さんのおもてなし

新米夫婦《しんまいふうふ》と羽《は》ばたくお子様《こさま》ランチ

喜多《きた》みどり

令和5年 2月25日 初版発行
令和6年 11月25日 4版発行

発行者●山下直久

発行●株式会社KADOKAWA
〒102-8177 東京都千代田区富士見2-13-3
電話 0570-002-301(ナビダイヤル)

角川文庫 23554

印刷所●株式会社KADOKAWA
製本所●株式会社KADOKAWA

表紙画●和田三造

●お問い合わせ
https://www.kadokawa.co.jp/（「お問い合わせ」へお進みください）
※内容によっては、お答えできない場合があります。
※サポートは日本国内のみとさせていただきます。
※Japanese text only

ISBN 978-4-04-113508-2 C0193

◆◇◇

角川文庫発刊に際して

角川源義

　第二次世界大戦の敗北は、軍事力の敗北であった以上に、私たちの若い文化力の敗退であった。私たちの文化が戦争に対して如何に無力であり、単なるあだ花に過ぎなかったかを、私たちは身を以て体験し痛感した。西洋近代文化の摂取にとって、明治以後八十年の歳月は決して短かすぎたとは言えない。にもかかわらず、近代文化の伝統を確立し、自由な批判と柔軟な良識に富む文化層として自らを形成することに私たちは失敗して来た。そしてこれは、各層への文化の普及滲透を任務とする出版人の責任でもあった。

　一九四五年以来、私たちは再び振出しに戻り、第一歩から踏み出すことを余儀なくされた。これは大きな不幸ではあるが、反面、これまでの混沌・未熟・歪曲の中にあった我が国の文化に秩序と確たる基礎を齎らすためには絶好の機会でもある。角川書店は、このような祖国の文化的危機にあたり、微力をも顧みず再建の礎石たるべき抱負と決意とをもって出発したが、ここに創立以来の念願を果すべく角川文庫を発刊する。これまで刊行されたあらゆる全集叢書文庫類の長所と短所とを検討し、古今東西の不朽の典籍を、良心的編集のもとに、廉価に、そして書架にふさわしい美本として、多くのひとびとに提供しようとする。しかし私たちは徒らに百科全書的な知識のジレッタントを作ることを目的とせず、あくまで祖国の文化に秩序と再建への道を示し、この文庫を角川書店の栄ある事業として、今後永久に継続発展せしめ、学芸と教養との殿堂として大成せんことを期したい。多くの読書子の愛情ある忠言と支持とによって、この希望と抱負とを完遂せしめられんことを願う。

一九四九年五月三日

弁当屋さんのおもてなし

ほかほかごはんと北海鮭かま

喜多みどり

「お客様、本日のご注文は何ですか?」

「あなたの食べたいもの、なんでもお作りします」恋人に二股をかけられ、傷心状態のまま北海道・札幌市へ転勤したOLの千春。仕事帰りに彼女はふと、路地裏にひっそり佇む『くま弁』へ立ち寄る。そこで内なる願いを叶える「魔法のお弁当」の作り手・ユウと出会った千春は、凍った心が解けていくのを感じて――?　おせっかい焼きの店員さんが、本当に食べたいものを教えてくれる。おなかも心もいっぱいな、北のお弁当ものがたり!

角川文庫のキャラクター文芸

ISBN 978-4-04-105579-3

ISBN 978-4-04-111777-4

ビストロ三軒亭の美味なる秘密

斎藤千輪

人の温かみに泣けます！　お仕事グルメミステリー

三軒茶屋にある小さなビストロ。悩みや秘密を抱える人の望みを叶え希望を与える店。料理は本格派、サービスは規格外。どんな事情のゲストも大歓迎。今回のお客様は……。結婚を考えていた恋人の嘘に悩む男性。玄関前に次々と置かれる奇妙な贈り物を怖がる女性。"宝石が食べたい"と謎の言葉を残して倒れる俳優。ギャルソン・隆一の新たな悩み、名探偵ポアロ好きのシェフ・伊勢の切ない過去とは？　大好評、日常の謎を解く感動のお仕事ミステリー。

角川文庫のキャラクター文芸

ISBN 978-4-04-108049-8

作ってあげたい小江戸ごはん

たぬき食堂、はじめました！

高橋由太

あなただけの〈元気になる定食〉作ります！

川越の外れにある昔ながらの定食屋「たぬき食堂」。ちょっと頼りない青年店主の大地《だいち》と、古風な喋り方の看板娘・たまきが切り盛りするこの店は、お客さん一人ひとりに合わせた特別料理“小江戸ごはん”を出すという。〈食べれば悩みが解決する〉、そんな評判を聞きつけて、地元のイケメン僧侶兄弟やバツイチパパなど、家族のモヤモヤを抱える人が今日も食堂にやって来て……。ふふっと笑えて心も体も軽くなる、ほっこり定食屋さん物語。

角川文庫のキャラクター文芸

ISBN 978-4-04-108827-2

あやかし和菓子処かのこ庵

嘘つきは猫の始まりです

高橋由太

崖っぷち女子が神様の和菓子屋に就職!?

見習い和菓子職人・杏崎《あんざき》かの子《こ》、22歳。リストラ直後にひったくりに遭い、窮地を着物姿の美男子・御堂朔《みどうさく》に救われる。なぜか自分を知っているらしい朔に連れていかれたのは、東京の下町にある神社の境内に建つ和菓子処「かのこ庵」。なんと亡き祖父が朔に借金をして構えた店だという。「店で働けば借金をチャラにする」と言われたかの子だが、そこはあやかし専門の不思議な和菓子屋だった。しかもお客様は猫に化けてやってきて——!?

角川文庫のキャラクター文芸

ISBN 978-4-04-112195-5

大正幽霊アパート 鳳銘館《ほうめいかん》の新米管理人

竹村優希

秘密の洋館で、新生活始めませんか?

鳳《おおとり》爽良《そら》は霊が視えることを隠して生きてきた。そのせいで仕事も辞め、唯一の友人は、顔は良いが無口で変わり者な幼馴染の礼央《れお》だけ。そんなある日、祖父から遺言状が届く。『鳳銘館《ほうめいかん》を相続してほしい』それは代官山にある、大正時代の華族の洋館を改装した美しいアパートだった。爽良は管理人代理の飄々とした男・御堂《みどう》に迎えられるが、謎多き住人達の奇妙な事件に巻き込まれてしまう。でも爽良の人生は確実に変わり始めて……。

角川文庫のキャラクター文芸

ISBN 978-4-04-111427-8

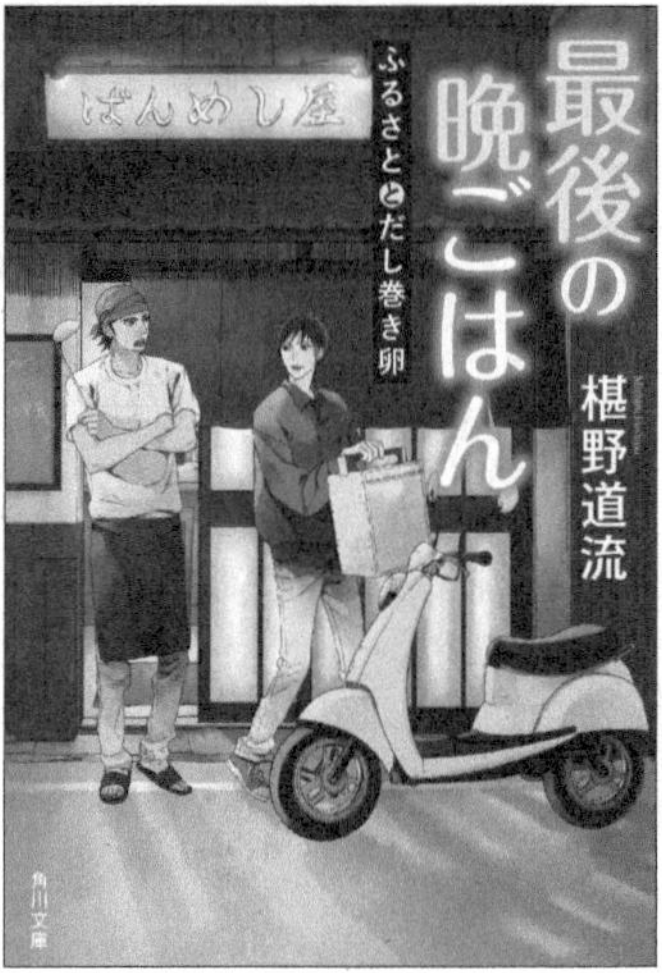

最後の晩ごはん

ふるさととだし巻き卵

椹野道流

泣いて笑って癒される、小さな店の物語

若手イケメン俳優の五十嵐海里《いがらしかいり》は、ねつ造スキャンダルで活動休止に追い込まれてしまう。全てを失い、郷里の神戸に戻るが、家族の助けも借りられず……。行くあてもなく絶望する中、彼は定食屋の夏神留二《なつがみりゅうじ》に拾われる。夏神の定食屋「ばんめし屋」は、夜に開店し、始発が走る頃に閉店する不思議議な店。そこで働くことになった海里だが、とんでもない客が現れて……。幽霊すらも常連客!?　美味しく切なくほっこりと、「ばんめし屋」開店！

ISBN 978-4-04-102056-2

モンスターと食卓を

椹野道流

うちに帰って、毎日一緒にごはんを食べよう。

神戸の医大に法医学者として勤める杉石《すぎいし》有《なお》には、消えない心の傷がある。ある日、物騒な事件の遺体が運び込まれる。その担当刑事は、有の過去を知る人物だった。落ち込む有に、かつての恩師から連絡が。彼女は有に託したいものがあるという。その「もの」とは、謎めいた美青年のシリカ。無邪気だが時に残酷な顔を見せる彼に、振り回される有だけど……。法医学者と不思議な美青年の、事件と謎に満ちた共同生活、開始！

角川文庫のキャラクター文芸

ISBN 978-4-04-107321-6